岬鷺宮
ill.イコモチ
—神《み》手《た》洗《らい》澪《みお》には
未《み》来《らい》が視《み》える—
みみみみ
MitaraiMio niha Mirai ga Mieru

「――結婚するようです」

歌うような声で、俺にそう言った。
「わたしたち——
将来夫婦になるようですよ？」

『元救世主』様の日常
「ん？　何です？」

「今、いいところなんですけど」

神手洗 澪
Mitarai Mio
未来視能力で人類を救った『元救世主』。戦いが終わり、普通の女子高生として学校に通うことに。
桃澤 基雄
Momozawa Motoo
戦争中は後方支援で活躍。有能さが買われて澪の側近に任命され、共に生活を送ることになる。

女鹿沢 芽依

Megosawa Mei

素朴でフレンドリーな、澪たちのクラスメイト。戦争前から久琉美市に住んでいた『地元組』。

椋井 夢生

Mukui Muu

桃澤が所属していた【α分隊】の上司。戦争前は女子大生だったが、澪たちと同じ学校に生徒として潜入し二人を見守る。

もくじ

MitaraiMio niha Mirai ga Mieru

みみみみ
-神手洗澪には未来が視える-

岬 鷺宮

MF文庫J

口絵・本文イラスト●イコモチ

プロローグ

すべてのはじまりは、地球に突如【外敵】が現れたことだった。
正体不明、特性不詳。異形の生命体である彼らは、未知の技術で人類を攻撃。
同族とばかり戦っていた人間たちを、その科学力で圧倒した。
街は壊され環境はかき乱され、国連軍も最新の兵器も歯が立たず。
もはや敗北は確定。種族全体の滅亡さえ、避けられないものと思われた。

けれど――救世主が現れた。
その登場で、戦局は変わった。

救世主の持つ不思議な力。将来を予見する『未来視』。
人類はその力を借りて反転攻勢に出ると、局地的に勝利を収め始めた。
奪還される街や領土。
立て続けの朗報に高まっていく士気。
勢いづいた国連軍は、地球規模で軍を再編成し大規模攻撃を実施。
激戦の末、【外敵】の完全な排除に成功した。
そして――、

戦いは終わった。世界に平和が戻ってきた――。

「――桃澤《ももざわ》さん！　見てください、ほらそこ！」

澪《みお》が声を上げたのは、学校の帰り道。日の沈んだ住宅街でのことだった。

家々からまばらに灯《あか》りが漏れている。

春の暖かい風が、心地《ここち》好《よ》く身体《からだ》を撫《な》でていく。

そんな景色の中、澪は背伸びして広い夜空の一角を指差していた。

「あの辺です！　月と木星の間辺り！」

白いロングヘアーを揺らし、無邪気に笑う彼女。

足を止め、言われたとおり空に目をやる。

天頂から地上ギリギリまで、全天に星が散らばっているのが見えた。

先の戦い――【IW禍《アイダブルか》】の前、東京《とうきょう》で暮らしていたときには、こんな綺麗《きれい》な星空がある
ことさえ俺は知らなかった。

「ごー、よーん！」

ふいに、澪がカウントを始める。

歌うような、滑らかなハイトーンで。

「さーん、にーい！」

いたずら中の子供みたいな、楽しくてしょうがなさそうな口元。

何だろう、何が起きるんだろう。

いぶかしむ俺をよそに、澪は「いーち！」とカウントを続け。
そして――、
「ゼロー！」
彼女が両手を広げる。
シャワーでも浴びるみたいに空を仰ぐ。
そんな彼女の頭上に――、

――星が流れた。

この街を覆う広い夜空。
その漆黒を横切るようにして――一筋の光が。

――流星。
それも、とても大きな。
嘘《うそ》みたいにゆっくりと流れていく光。
南の空に現れたそれは、長い尾を引き北へ流れる。

そして俺たちの目に眩《まばゆ》い光を焼き付けてから、街の向こう、久琉美山《くるみさん》の辺りに吸い込まれて消えていった。

一瞬の、けれど永遠みたいに感じる天体ショーだった。

街に薄暗さが戻ってくる。

静けさと、仄《ほの》かな人の気配。もう一度歩き出す俺たちの足音。

「……何かお願いしました？」

澪《みお》が振り返り、そう尋ねてきた。

「結構長く光ってましたし、三回言えるくらいだったんじゃないですか？」

「いやいや、無理だったよ。驚いてたし、そんな余裕なかった」

苦笑しながら、俺は答える。

確かに事前に指差してくれたけど、流れ星だとは思わなかった。

ただただ呆《ほう》けたまま、その軌跡を見送ることしかできなかった。

「あんなことまで、『未来視』できるんだな」

未《いま》だに夢を見ている気分で、俺は澪に言う。

「流れ星みたいな、遠い空の上の出来事まで……」

彼女の生活の補佐を始めて、数週間。

少しずつ、忙《せわ》しなく回る毎日にも慣れてきた。

それでも……今でも俺は、その『能力』にいちいち驚きを覚えてしまう。

「ええ、できますよ」

当たり前みたいにそう言う澪。

「まあ、実用性はほとんどないんですけどねー」

俺の隣を歩いている楽しげな横顔。白い髪と整った顔と、軽やかな足取り。

それを眺めながら——ああ、この子は本当に未来が視《み》えるんだ、と。

【外敵】から人類を救った救世主、神手洗《みたらい》澪なんだなと改めて実感する——。

「そうだ、桃澤《ももざわ》さん。今晩はわたし、たけのこご飯を食べたい気分です」

言うと、澪はこちらを見上げる。

そして「お願い」と言いたげな顔で、甘えた表情で首を傾《かし》げて、

「よければ、作ってくれませんか……？」


戦いは終わった。

救世主も、普通の女子高生に戻った。


——だからこれは。

平和になった世界で、俺と救世主《かのじょ》が恋をする物語。

第一話

MitaraiMio niha Mirai ga Mieru

わたし、憧れだったんです！

──重厚な扉の前に、俺は立っていた。
【IW禍《アイダブルか》】が終わり復興が始まり、三ヶ月ほど。
新しく首都に定められた、ひたちなか。政府施設の会議室前。
招集を受けた俺、桃澤基雄《ももざわもとお》は『とある人物』との面会のためここに来ていた。
「ふう……」
一度大きく深呼吸する。
着てきた中学校の制服の襟を正す。
緊張していた。
めちゃくちゃに緊張していた。
顔に出ないようには気を付けていたし、全体的に平静を装っている。
けれど、心臓はバクバク。
手からは汗が噴き出して、脚がガクガク震えそうだった。
というのも……これから俺が面会するのは、超重要人物。
人類史上最大の功労者、と言っても過言ではないレベルの大物なのだ。
緊張するのも当然、これぱっかりはどうしようもないだろう。
だから……こうなったら、なるようになれだ。
流れに身を任せて、何があっても運命だと受け入れるしかない。

意を決し、ドアをノックすると、
「――はーい！」
扉の向こうから返事が聞こえた。
高く軽やかな女性の声。
年齢もずいぶん若い。俺と同世代……十代中盤だろうか。
「――どうぞどうぞ、入ってくださーい」
……あれ、そういう感じなの？
多分、今のが『例の人物』の声だ。
てっきり仙人みたいな老人や、超能力者然とした大人を想像してたんだけど。
なんか、口調を聴く限り……すげえ普通じゃなかった？
「失礼します」
いぶかしがりながら、ドアノブをひねり部屋に入る。
普段は会議室として使われているという、広めのスペース。
ロの字型に配置された机の向こう側に、数人の人々が控えている。
しずしずと立つ大人の女性と、スーツを着た男性何人か。
明らかに『お付きの人』然とした人たちだ。
そして――彼らの中心で椅子に座っているその人。

一目でわかる特別なオーラを放っているのが、きっと今回の面会相手――。

――綺麗《きれい》な少女だった。


整った顔立ちと、ビー玉みたいに透き通った目。

楽しげにカーブを描いた薄い唇と、絹のように白い肌。

かわいらしい印象のブラウスとスカート。

そして何より――髪の毛。一部三つ編みにされた、ロングヘアー。

その色が、真っ白だった。

石鹸《せっけん》や白磁や晴れた日の雲。

そんなものを思い起こさせる清潔な白い髪が、窓から差す日に煌《きら》めいていた。

「はじめまして、桃澤《ももざわ》さん！」

呆《ほう》ける俺に、彼女が席を立ち無邪気な笑みで言う。

「神手洗澪《みたらいみお》です。面会のお時間をいただきありがとうございます。会えてうれしいです」

「とんでもない、こちらこそ光栄です」

反射的に、そんな返事が口から出た。

「まさか、救世主にお会いできるなんて」

——救世主。

未来視という能力で、【外敵】から人類を守った功労者。

その本人が——目の前にいるこの女の子、神手洗澪《みたらいみお》なのだ。

俺は今日、理由も知らされないまま彼女との面会を要請され、この場所にやってきた。

案の定、心臓が胸の中で暴れ出す。

とんでもない爆音で鼓動が鳴って、向こうにも聞こえないかと不安になる。

けれど、

「あははー、ありがとうございます」

お互い椅子に腰を下ろしつつ、神手洗さんは楽しげに笑う。

「でも、そう言う割にはずいぶん落ちついてますよね？」

「いやいや、そんなことないですよ。こう見えて、かなり緊張しているんです」

「そうだったんですか！　全くそうは見えなかったです……」

そう言って、口元に手を当てる神手洗さん。

よかった、どうやらポーカーフェイスは貫けていたらしい。

「実は、実家でそういう風に教育されまして」

安堵《あんど》しながら、そんな風に手の内を明かした。

「以前の仕事柄もありますし」

「おー、お家《うち》の事情ですか！」

【IW禍《アイダブルか》】前。

俺は中学生にもかかわらず、銀座《ぎんざ》の姉の店でバイトみたいなことをさせられていた。

力仕事や店舗の掃除、お客さんの案内からオーダー取りまで。

政治家や有名人も来るその店で、俺が身につけたのが「平然と振る舞う」技術だった。

へりくだりすぎない、丁寧になりすぎない口調で。

あくまで友好的、好意的に、けれどきちんと本心から。

姉たちからたたき込まれたそんな話し方が、こんな場面でも発動していた。

人生、どこで何が役に立つかわからないもんだな……。

「あの、でも敬語でなくてもいいですよ」

考えていると、彼女が楽しげに続ける。

「同い年、お互い十五歳なので。それから、呼び名も是非『澪』と……」

「ずいぶんフレンドリーなんですね」

「ええ、もう担ぎ上げられるのには飽き飽きでして」

言うと、彼女はあははと笑い、

「同世代の子と会うのも久々なんです。だからほら、できれば仲良くなりたいなって。今日の顔合わせだって、ずっと楽しみにしてたんです」

なるほど、そういうことか。

ちょっとびっくりしていたけど、ようやく納得がいった。

確かに、絶え間なく『尊敬と感謝』を向けられ続けるのも居心地悪いものだろう。

その気持ちはわかる気がして、そわそわしつつも口調を改めることにした。

「うん、わかった。じゃあここはタメ口で」

「ふふ、ありがとうございます」

「でも、そっちは敬語なの？」

「そうですね。これはわたしのアイデンティティなので」

彼女はさらっとそんなことを言い、

「一つの個性として、尊重してもらえれば」

やっぱり、なんだか不思議な子だなと思う。

ひょうひょうとしてつかみ所がない。何が本心なのかわかりづらい。

これまでの知り合いには、一人もいなかったタイプだった。

それに……改めて疑問が頭をもたげる。

そもそもこの面会、要件は一体何だろう。なんで俺、この子と会うことになったんだ？

「今回桃澤《ももざわ》くんを呼んだのは、新たな任務をお願いするためです」

そんな疑問を察したのか、今度は澪《みお》の傍らに立つ女性。

パンツスーツに身を包み、黒髪で気の強そうな彼女が声を上げた。

「新しい任務、ですか」

「【IW禍《アイダブルか》】の際には、桃澤くんの後方業務は非常に好評でした。【α分隊《アルファぶんたい》】でも屈指のサポート役だったと、多数スタッフから聞いています」

「そうですか、ありがとうございます」

「そこで、戦いの終わった今。新しい仕事をお願いしたいんです」

──【α分隊】。

【IW禍】の際に、救世主である澪をサポートするべく作られたグループだ。

元は民間の一般人で組織されていたチームで、救世主が成果を上げる度に自衛隊、国連軍と正規の組織からバックアップを受けるようになり。最終的には、自衛隊の一分隊として活躍するようになった集団である。

そして……実はその最後方支援要員として、俺も【α分隊】に参加していた。

【IW禍】の終戦直前。人類総力戦の様相になっていた頃。

中学生だった俺も、店での働きを覚えていた関係者にスカウトされ、サポートスタッフとして【α分隊】に加わることになったのだ。

もちろん、前線に出て戦ったり、澪の補佐をすることはなかった。

任されていたのは物資の管理や発送、上官の仕事のサポートなど。彼女とは顔を合わせることは一度もなかったし、その正体がどんな人なのかを知ることもなかった。それでも後方スタッフの一人として、人類の役に立つべく俺なりに頑張っていたのだった。

さらに言うと、今話している女性。

椋井夢生《むくいむう》さんは【α分隊《アルファぶんたい》】の上層部スタッフだ。つまるところ俺の上司である。

てっきりこの人も、任を解かれて普通の女子大生にでも戻ってるんだと思ってたな……。

「じゃあ、ここからはわたしもいつもの口調で」

話が本題に入り、椋井さんが普段の雰囲気に。

【α分隊】でおなじみの態度に戻る。

「戦いが終わって、澪《みお》も普通の生活に戻ることになったのね。十五歳だから、この春から高校に通うことになって。救世主と言えど元は一人の女の子だから、そろそろ日常に戻らないと」

それはまあ、椋井さんの言うとおりだろう。

彼女には彼女の人生がある。

いつまでも、救世主として担がれ続けているわけにもいかない。

「でも、それも一筋縄じゃいかなくて」

と、椋井さんは腕を組む。

「澪には『未来視』の能力がある。そのうえ、全世界が注目する人類の救世主なわけで。

プライベートは絶対に秘匿されなきゃいけない。身の安全だって、確保しなきゃいけない」

【IW禍《アイダブルか》】を経て、国家間のバランスは不安定になっている。

そんな世界で、澪が重要人物なのは今も変わらないし、彼女の安全は周囲がきちんと守らなければいけないだろう。

「だから【α分隊】で、今後も澪の生活のサポートをすることになったの」

「なるほど、合理的ですね」

これまで澪を補佐してきたチームが、今後の生活も支える。

人的リソースの限られた今、新しく組織を作るなんて無茶《むちゃ》がある。頼みの綱の自衛隊も復興支援で全国的に出ずっぱりだ。その点、【α分隊】なら手が空いているうえノウハウも十分。澪としても、慣れたメンツの方がやりやすいだろう。

ちなみに。

話す椋井さんの隣で、澪はなんだかうれしげにうんうんうなずいている。

その様子は、相変わらず俺の思う救世主像からかけはなれていて。

未《いま》だに俺は、彼女が未来視できることに現実味を覚えられないままで。

だから、

「そこで——桃澤《ももざわ》には、澪の側近になってもらいたい」

「同じ学校に入学して、正体がバレないよう生活全般をサポートしてもらいたいの」

「……?」

──椋井《むくい》さんが続けた言葉。

端的に告げられた今日の本題に──頭がぱっと追いつかなかった。

側近。

俺が……この子。神手洗澪《みたらいみお》の……。

同じ学校、サポート。正体が、バレないよう……。

「……っ!?」

反射的に、椅子から立ち上がった。

何か言おうとするけれど、上手《うま》く頭が回らない。

それは……重大任務じゃないか!?

とんでもなく重要な仕事のオファーじゃないか!?

「学校は、もう選定ができてる」

そんな俺の気も知らず、椋井さんは続ける。

「ここからそう遠くない、久琉美《くるみ》市の久琉美中央高校ね。自衛隊の施設もあるから、【α《アルファ》分隊《ぶんたい》】はそこを間借りする予定。ちなみに、二人が暮らす部屋も手配してある。セキュリティが万全な駅近くのマンションの、隣同士の部屋を――」

「――ちょ、ちょっと待ってください」

ようやく少し冷静になり。

できるだけ穏やかに、その台詞《せりふ》に割って入った。

「側近って、なんで俺が？　唐突すぎて、ちょっと理解が……」

「単純に、分隊内で選別をしたんだよ」

あくまで冷静に、椋井さんもそう返す。

「澪と年齢が近くて、精神的に安定しているスタッフ。家事能力にも秀でていて、一般常識も備えている。満場一致で桃澤《ももざわ》を推すことになったし、澪も承諾してくれた」

「ええ。ハンコ押しましたよー」

ぽん、と捺印《なついん》のジェスチャーをしている澪。

「何卒《なにとぞ》、よろしくお願いいたします！」

「そ、そう言われても……」

動揺を押し殺しつつ俺は椅子に腰掛け腕を組んだ。

理屈はわかったけれど、唐突すぎる。

こっちとしては、東京《とうきょう》に戻って姉たちと一緒に店を復興。

もう一度、生活を立て直していこうと思っていたところなんだけど……。

「報酬は十分に出すよ」

そう言って、椋井《むくい》さんは具体的な額を書面で提示してくれる。

中学生の俺にとっては、目玉の飛び出る金額だった。

もちろん経済だって混乱しているし通貨価値も乱高下している。

けれど、それだけあればしばらく生活に困ることはないだろう。

なんなら、姉たちの店を建て直す資金だって作れそうだ。

「仕事内容だって、基本的にはそれほど難しくない」

駄目押しするように、椋井さんは続ける。

「澪《みお》と友人同士として日常を一緒に過ごしてもらうだけだ。もちろん能力値の測定や、異常が起きたときの即時対応は必要になる。常に気を張っていてもらうことにもなるだろう。それでも、わたしもそばに控えるようにするし、そもそもの話……」

と、椋井さんはにっと笑ってみせ、

「それくらいのこと、桃澤《ももざわ》は【IW禍《アイダブルか》】中も当たり前にやっていただろ?」

「それはまあ、そうですけど……」

「きっと楽しいですよー」

なおも戸惑う俺をよそに、澪は夢見るような表情だ。

「新天地での新生活、待遇は上々。しかも、すぐそばにはわたしというビジュ強女……完壁すぎるでしょう、布陣が！」

おいこの人、意外な感じで自己肯定感高いな！

まあ、実際美人なうえ救世主でもあるわけで、すごいシチュではあるけど……。

ただ、彼女のそんなあっけらかんとした態度に、はっきりしたことがある。

俺が、首を縦に振れない理由。その仕事を即答で受けられないわけ。

「あの、実感がないんです」

はっきりと、俺は彼らにそう言う。

「唐突に、この子が救世主だって言われても。よくわからない、というか……」

目の前にいる澪は、やっぱりただの女の子にしか見えなかった。

いや、いささか特徴的ではある。

白い髪とひょうひょうとした態度。

顔立ちが整っているのも、目を引くところがある。

けれど……この女の子が、人類を救ったなんて。

未来が視《み》えるなんて、全然実感が……。

「あー。まあ、そうですよね」

黙っていた澪が、俺の台詞《せりふ》にふふふ、と笑う。

「未来視を目の当たりにしたわけでもないですし。夢生《むう》ちゃん、ちょっと強引すぎましたね。このオファーの仕方」
「ああ、そうかもね……申し訳ない」
「ということで、そうだなあ」
ふいに、澪《みお》が椅子から立ち上がる。
そして、ぐるりと机を回り込んでこちらに来ると、俺の前に立った。
その距離——一メートルほど。
反射的に俺も立ち上がる。間近で見るその姿に、一瞬目を奪われる。
きめ細かい肌と、着ているブラウス越しにもわかる細い腕。
真《ま》っ直《す》ぐ俺を向いている目。
じっと観察するような、心の中を見透かすような表情——。
な、何だろう……。
急にそばに来て、一体何を……。
と——そのとき。
澪の頭の上に、光がぽっと点《とも》った気がした。
ほんの数秒。豆電球ほどの、ややもすれば見逃しそうな光。
何かの見間違いか？　どこかの光が反射したのか？
「……うーん、家族から、みたいですね」

考えている俺に、澪はつぶやくようにそんなことを言い出す。

「ふんふん、ふんふん……なるほど」

視線を宙にさまよわせ、彼女は何やら楽しげな笑みで、

「『レジの下の引き出し』『右の棚に、種類ごと』ですか……」

……なんだろう？

この子は一体、なんの話をしているんだ？

家族？　レジの下……？

いぶかっていると、ズボンのポケットの中でスマホが震えた。

反射的に腰元に手をやる。会議室に響くバイブの音。

今は出ている場合じゃない、あとでかけ直そうと考えていると、

「どうぞ、出てください」

澪が楽しげに、俺にそう促した。

「なんだか、困っているようなので」

そう言われて、ポケットからスマホを引っ張り出す。

そして、ディスプレイに表示されている名前を見て――言葉を失った。

着信：桃澤百花《ももざわももか》

――姉だった。

三人いる姉の一番上。店を仕切っている長女であるところの、百花《ももか》からだった。

恐る恐る、通話ボタンを押す。

そして、スマホを耳に押し当てると、

『――あ、もしもし、基雄《もとお》？』

スピーカー越しに、いつものがさつな声が聞こえた。

「あ、うん。俺」

『今ちょっと、大丈夫？』

「大丈夫……じゃないけど、どうした？」

『あのさー、店の請求書系、どこ置いてたっけ？　片付けてるんだけど、払えないにしてもまとめておきたくて』

「あー。請求書」

【ＩＷ禍《アイダブルか》】の際、東京《とうきょう》も大きな被害を受け、姉の店もダメージを負ってしまった。

全壊とは言わないものの、壁と屋根の一部が大きく崩れ、内装もめちゃくちゃ。

そして、書類系を管理していたのは俺だ。

店が営業していた頃の記憶を辿《たど》り、請求書の場所を思い出した俺は、

「えっと……っ！」

思い出したその『場所』に。

請求書のある場所に愕然《がくぜん》としながら、姉に答える――。

「……多分レジの下の引き出し」

『あー、そこかー』

「うん……右の棚に、種類ごとに分けて置いてあるはず」

『右の棚……あーあったあった！　これね！』

スマホの向こうで、姉の声が弾む。

『ありがと！　ごめんそれだけだから。じゃーねー』

それだけ言うと、通話が切れた。

半ば呆然《ぼうぜん》としながら、スマホをポケットにしまう。

「当たってたでしょう？」

そんな俺に、笑顔の澪《みお》が言った。

「これが、未来視です」

「なるほど、これが……」

はっきりと、衝撃を受けていた。

【ＩＷ禍】なんて常識外れな出来事を体験して、非日常には慣れたつもりだった。

ちょっとやそっとのことじゃ、動揺しない自信もあった。

それでも……未来が視《み》える女の子。

彼女が正確に言い当てた、少し未来の出来事。

そんなことが、本当にあるんだ。

未来視なんて、ファンタジーみたいな能力が……。

「……未来のことって、何でも視えるの？」

そう尋ねたのは、純粋な好奇心からだった。

「例えば、何万年後のこととか、遥《はる》か彼方《かなた》の星での出来事とか……」

「いえ、その辺は無理ですね」

言って、澪《みお》は笑う。

「未来視とは言っても万能じゃなくて、それなりに制限はありますよ。詳しくは、依頼を受けてくれるなら説明します」

「そうか……」

腕を組み、俺はあふれ出る思考に翻弄されながら、

「じゃあ例えば、未来の進化した人間とか、宇宙が最後どうなるかとか。俺が澪をちゃんと補佐できるかとか、そういうのはわからないのか」

「そうですね、残念ながら」

小さくうなずく澪。

けれど、彼女は少し考える顔になり、

「でも……やってみましょうか？」

そんなことを言い出す。

「宇宙の最後は無理ですけど。桃澤《ももざわ》さんとわたしの未来なら、視えるかもしれません」

「……そうなの？」

「ときどきあるんです。自分の人生の、遥か先のことが視えることが。わたしにとって重要な未来が、ちらっと視えちゃうこと」

言うと、澪はからかうような顔で笑い、

「だから、試しに視てみましょう、わたしたちの将来」

「あ、ああ。お願いできると」

「わかりました」

俺がうなずくと――彼女はすっと目を閉じる。

祈るように手を合わせ、意識を集中し始める。

どうなんだろう、何か視えるんだろうか。

あるいは、何も視えないいんだろうか。

……認めよう。

俺は、澪《みお》の能力に興味を抱き始めている。

仕事だとかそんなことを抜きに、一個人として強く関心を抱き始めている。

だから……期待や不安でドキドキしながら。

それを悟られないよう、唇を噛《か》み待っていると、

「……！」

澪の頭上に、また小さく光が点《とも》った。

豆電球程度の、か細く弱い光。

けれど――今回は、さっきと様子が違う。

その光は消えることもなく、徐々に輝きを増していく。

灯《あか》りはまぶしいほどになり、どんどん大きくなり。耐えきれず目を細めた、その瞬間――。


光が、展開した。

現れたのは――水色の茨《いばら》の冠。

澪の頭にぴったりはまる、神々しい光の輪がそこにあった。

その美しさに、俺は声も出せないまま息を呑《の》む。

それは確かに、救世主と呼ぶにふさわしい姿だ。

光の冠《かぶ》を被った澪は絵画に出てくる女神にも、磔刑《たっけい》直前の神の子にも似て見えた。

そして、彼女が目を開ける。

こちらを見て――ふいに、笑い出す。

「――あはは！　あはははは！」

「……ど、どうしたんだよ!?」

突然のことに、動揺が声に出てしまった。

冠を被ったまま、楽しげに笑っている澪。

「何があったんだよ？　何か、視《み》えたのか……？」

「いえ、す、すみません……」

未《いま》だにお腹《なか》を抱えつつ、指で涙を拭って澪は言う。

そして、小さく呼吸を整えながら、

「確かに視えました、わたしたちの未来」

「マジか」

「でもそれが、あはは。あんまりにも予想外で！」

「……どんな未来だった？」

恐る恐る、俺は尋ねる。

澪《みお》が爆笑してしまう未来。それは、一体……。

「俺たち、どうなってたんだよ？」

「あのですね……」

前置きすると、彼女は俺ににーっと笑ってみせ、

「──わたし、ウエディングドレスを着てました」

「──桃澤《ももざわ》さんは、タキシードです」

そんなことを──言う。

言い出してしまう。

「わたしたちは教会にいて、沢山の人が見に来てくれていて」

「それで──みんなの前で、あなたがわたしに指輪をしてくれるんです」

「左手の、薬指に」

そこまで言われて、

「……それって」

そんな、マヌケな声が漏れた。

「それは、つまり……」

もちろん、俺は理解している。

澪が視《み》た未来で、俺は……俺と彼女は……。

「ええ」

そんな俺に、澪ははっきりとうなずいた。

そして、その顔に楽しくてしょうがない、という笑みを浮かべ、

「──結婚するようです」

歌うような声で、俺にそう言った。

「わたしたち──将来夫婦になるようですよ？」

＊

久琉美《くるみ》市への引越の手配は、存外あっさり済ませることができた。

そもそも、東京《とうきょう》の家は戦いの影響でめちゃくちゃだったこと。

俺自身【α分隊《アルファぶんたい》】の仕事で、各地を転々としていたこと。

それから、姉たちが俺の仕事を後押ししたことも大きかった。

「――マジで!? そんな報酬もらえるの!?」

「――仕事内容は極秘？ ああ、その辺はまあ何でもいいよ！」

「――やってきなさい絶対に！ 店の新装開店資金、稼いできて！」

そんな彼女たちの協力もあり、俺は初めての転居の手続きをなんとか完了。

晴れて澪《みお》の側近として、高校生活を始める準備が整ったのだった。

そして――、

＊

「ふう……こんなもんか」

入学式三日前。

軽トラを出した姉に荷物を運び込んでもらい、一通り生活可能になった自室にて。

目の前の景色に、俺は深く息を漏らした。

「大体片付いたな。にしてもほんとにいいのかね、こんな良い部屋」

一高校生にあてがってもらうには、豪華すぎる部屋だった。

久琉美《くるみ》駅から徒歩五分。

築浅の高級マンションの、最上階。

広めの1LDK。

それが、俺に割り振られた部屋だった。

清潔でピカピカの内装と、最新式の設備。

実家が下町にある古い戸建てだったから、その落差になんだか目眩《めまい》がする。

ちなみに、ここが選ばれたのはセキュリティの都合上だ。

【α分隊】の施設のすぐそばで、澪を守りやすい。

そのうえで、快適さを重視して最新のマンションをということになったらしい。

確かに、マンション入り口は当然のようにオートロックだし、ロビーやクロークなんかの共有設備も充実している。

住人のプライバシーも守られているし、異分子が入り込む可能性は低いだろう。

「よっと」

一度気持ちを落ちつかせたくて、ベランダに出た。

地上十二階の高さから、その街を見下ろす。

かつて――科学の街として栄えたこの久琉美市。

万博が開催され、ＪＡＸＡ《ジャクサ》や各種研究機関の並んでいた理系の街。

そして今は【ＩＷ禍《アイダブルか》】での被害が少なかったこと、ひたちなか新首都にも近いことから、全国各地から避難民の集まる賑《にぎ》やかな地域になっている。

公園には民間の露店が立ち並び、通りには沢山の人が行き交う。

空き地には仮設住宅がずらっと並んでいるうえ、許可を取っているのかいないのかわからない手作りのプレハブ小屋まで沢山見えた。

日本ではまだ全体的に、電力や水道、携帯の電波などは復旧しきっていない。

物流だって、様々なところで分断されたままだ。

けどこの久琉美《くるみ》は、人口の多さやひたちなかとの距離もあって、【ＩＷ禍】前のライフライン水準を取り戻しつつある。

「さあ、どうなるかねえ」

これからのことを、ぼんやりと考えた。

どんな明日が、どんな未来が俺たちを待っているんだろう。

楽しいことも沢山あるだろう。大変なこともあるだろう。

予想外のことだって、多分起きるはず。

こんな状況、人類は初めて経験するんだから。

「けどまあ」

と、俺はふっと息を吐いた。
「きっと、なんとかなるよな」
あんな大変な戦いを生き延びたんだ。生き延びて、もう一度歩き出した。
結局、俺たちはやれることをやるしかない。それで、大抵のことはなんとかなる。
逆に、ダメなときはじたばたしたってどうにもならないんだ。
だったら変に考え込みすぎず、肩の力を抜いて毎日を過ごした方がいいだろう。
それが、色んなことを経験して得た俺のポリシーだった。
「きっと、楽しい毎日になるよな……」
そんな風につぶやいた、そのタイミングで。
――ピンポーン。
チャイムの音が響いた。まだ耳に馴染《なじ》まない電子音。
部屋に戻り、インターフォンを確認すると、
『――桃澤《ももざわ》さ～ん』
ディスプレイに、情けない表情をした澪《みお》の顔が映っている。
俺と同じく、今日この久琉美に引越してきた澪の姿が。
『助けてくださーい……』
「おいおいどうしたー」

早速のトラブルの予感に、俺は玄関に向かった。

澪《みお》の部屋は、このマンションの同じ階。俺の部屋の隣だ。

つまり、今日から彼女とはお隣さん同士、という間柄になる。

「助けてって、何があったんだよ？」

「そ、その……」

廊下の先、玄関を開けると澪がいる。

相変わらず小柄な身体《からだ》と、白いロングヘアー。

グレーのフーディを着てネイビーのジャージをはいた、引越仕様の格好。

彼女はなんだか泣きそうな顔でこっちを見上げ、

「家具が……組み立てられなくて」

しょげた様子でそう言う。

「説明書は難しいし、パーツも重たいですし……助けてもらえませんか？」

「……おっけ、了解」

そういうことなら、是非任せてほしい。

確かに、華奢《きゃしゃ》な澪に大物家具の組み立ては難しいだろう。

かく言う俺は実家でも、家具の組み立てから設置、家電の扱いを任せられていたんだ。

それ系の作業には、ちょっと自信がある。

「じゃあ、早速やるか」

「はい、ありがとうございます！」

にしても……本当に普通の女の子なんだな。

救世主とは言え、澪もただの十代の女子なんだ。

そんなことを実感しつつ、俺は腕まくりして彼女の部屋に向かったのだった。

＊

「よーし、これでひとまずできたな」

「わあ……ありがとうございます！」

そして、数時間後。一通り家具を組み立て終え。

こちらも生活できるようになった澪の部屋を見回して、俺は一つ息を吐いた。

「いいね、良い部屋じゃないか」

「でしょう？　家具選び、夢生《むう》ちゃんにも付き合ってもらって頑張りましたから！」

言って、澪は俺に胸を張ってみせ、

「夢だったんです、かわいい部屋に住むのが」

「そっか」

「ていうかほら……女の子のプライベートルームですよ？」

澪《みお》は俺の顔を覗《のぞ》き込《こ》み、にんまり笑う。

「ドキドキしちゃうんじゃないですか？　密室に二人っきりですよ……？」

なぜだかウィスパーボイスになり、吐息混じりな声の澪。

確かに、ちょっと緊張するシチュエーションかもしれない。

同世代の女子の自室。ここにいるのは二人だけ。

しかも澪はお世辞抜きにかわいくて、美少女と呼んでも差し支えないルックスなわけで。

十代男子としては、テンションが上がっちゃう状況なのかもしれない。

ただ、

「いやいや、俺、姉たちと暮らしてたから」

俺は思わず苦笑しながら、澪にそう答えた。

「女の人の部屋、嫌って程見慣れてるから。別にどうってことないよ」

「えー」

「かわいい部屋だとは思うけど、そういう感じにはならないわ」

「むー、つまんないですね……」

俺の台詞《せりふ》に、澪は唇を尖《とが》らせてみせる。

「桃澤《ももざわ》さんがあたふたしてるとこ、見たかったんですけど……」

「あはは、残念だったな」

軽口を返しながら、続いてゴミの片付けも始める。

段ボールや発泡スチロールなんかの梱包材《こんぽう》は、今のうちにまとめておきたい。

「そういうとこはかわいげがないですね」

「キョドられすぎてもいやだろー」

「わたしは、別にいいですけど……」

「ふうん」

……へーそっか、別にキョドってもいいんだ。

冷静な感じじゃなくても、引かないんだ……。

……。

……。

……。

じゃあ、無理して平静を装わなくてもよかったな。

実は……ドキドキしていた。

家具を組み立て終え部屋が出来上がり、『女子の部屋感』が急に匂い立ち始めた辺りから、俺は内心狼狽《うろた》えまくっていた。

白基調のシンプルな家具と、落ちついた色合いの小物たち。

澪《みお》がチェストに収めていった服と、ちらっと見えてしまったパステルの色合い。
そのすべてが、がさつな姉たちとはまるで違った。
一升瓶が転がっていない、パンツやブラが放置されていない部屋なんて初めてだった。
そっか、普通の女子ってこういう感じなんだ……。
さらに言えば、
「……あーあ、わたし、将来桃澤《ももざわ》さんの妻になるのに」
今もそんな風につぶやいている彼女。
部屋の主《あるじ》である澪は、将来俺の妻になると未来視されているわけで。
そんな状況で、冷静でいろとかさすがに無理だろ。こっちは十代男子なんだぞ……。
——未来視。
その能力の詳細については、改めて椋井《むくい》さんからも説明がされていた。
澪が持つ、確実な未来を視《み》ることのできる能力。それが未来視だ。
他に同じ能力を持つ人間は見つかっていない。
また、未来視で見えた光景が、現実にならなかったパターンは確認されていない。
つまり——澪が視た未来は、確実に実現する。
可能性があるとか、そういうことじゃない。
間違いない未来を視る能力が、澪の未来視だ。

意識を集中することで、彼女には未来が視えるようになるらしい。

視えるのは、主に人の行動や相手に起きることだ。

情報が多く、既知のものが多い環境ほど遠い未来がよく視える。

例えば【α分隊《アルファぶんたい》】の仲の良いスタッフが、澪の知っている場所で知り合いとだけ過ごす場合は、三十分ほど先まで見通すことができる。

逆に、少し話した程度の知らない人、慣れない場所の場合は五分程度先の未来しか視えない。そのうえ、澪の消耗も激しいらしい。

ちなみに……その能力の正体は、何かしらの脳障害だという仮説が主流だそうだ。

ロジックとしては、量子論的な現象、不確定因果順序や量子もつれを利用し、ミクロな世界での因果の逆行をマクロの世界に拡張……みたいなことを説明された。俺にはほとんどわからなかったけれど。

それから――特殊事例として。

澪の人生にとって大きな意味を持つ場合、数日後から数十年後までの未来が一瞬だけ視えることもあるそうだ。この間の「結婚する未来」が視えたのも、この事例に当てはまるようだ。【α分隊】上層部では、この現象を『深未来視』と呼んでいるらしい。

『深未来視』時、いつもは頭上に点《とも》る光が大きく展開。

会議室で見たとおり、冠の形になって澪の頭に被《かぶ》さる。

この特殊事例を利用して——澪《みお》は【IW禍《アイダブルか》】の際、人類に情報を多数提供。戦局を先読みできるようになり、【外敵】を欺き、人類を勝利に導いた——。

「……」

考えながら、ベッドに腰掛けクッションの柔らかさを味わっている澪を眺める。

人類の救世主。未来視能力の持ち主。

そんな彼女との日常生活が、これから始まる。

「さて、桃澤《ももざわ》さん」

ふいに、澪が俺を呼んだ。

「ひとまず荷物も片付きましたし、お腹《なか》が空《す》いてきました」

「ああ、そうだね。もういい時間だな」

時計を見れば、そろそろ夕食にしてもいい頃合いだ。

ベランダの向こうの久琉美《くるみ》の街も、夕日の色に染まり始めている。

「どこか食べに行きますか？　それとも、何か買ってきます？」

「そうだな、それでもいいし……」

と、俺は腕を組み、今日ここに来るまでに見てきた光景を。

市場や露店で売られていたものを思い返し、

「もしよければ」

と澪に切り出した。

「買い出し行って、俺がささっとなんか作るのもありだけど、どう？」

道端の無人販売所にあった野菜。

露店で見かけた缶詰肉と、既に部屋の炊飯器で炊いている実家の米。

この辺があれば、ちょっとした晩ご飯くらいはすぐ作れそうだ。

「……え、ええ⁉　手料理ですか⁉」

俺の提案に、澪は予想外に大きな声を出す。

見れば、彼女は目を見開きキラキラさせて、期待に手をぎゅっと握り、

「夫の手作り料理……最高じゃないですか！」

「え、いや、まだ夫じゃないから……」

「だとしても！　いいです！　すごくいいです！　お願いしたいです！」

「はあ、ならそうするけど……」

「わたし、憧れだったんです！」

言うと、澪はうっとりとした目で視線を上げ、

「大切な家族と過ごす、当たり前の毎日……特別ではないけれど、細やかに感じる愛情……これまで、そういうのと縁遠い生活をしてましたからね。いつかそういうのを味わってみたいと、ずっと思ってたんです！」

「……なるほど」

なんとなく、納得がいった気がする。

救世主として過ごす日々は、確かにそういう家庭の温かさとはほど遠いものだったろう。十代前半の彼女としては、寂しかっただろうとも思う。

だから……平和になった今。ようやく澪《みお》に、それを味わう機会がやってきたんだ。

「おけ、了解。じゃあ俺、買い出し行ってくるよ」

「あ、わたしも行きます！」

うなずきあい、俺たちは出かける準備をする。

そして、食べ物の好き嫌いの話なんかをしながら、二人でマンションのエレベーターに向かったのだった。

■Intermission1.0《二年前、【α《アルファ》分隊《ぶんたい》】千歳《ちとせ》支部にて》

「――疲、れた……」

用意された寝室。

セキュリティこそ十分なものの、あまりに殺風景なその部屋に到着して。

わたしは――神手洗澪《みたらい》は、つぶやきながらふらふらと寝床に倒れ込んだ。

「もう、立てない……」

薄い毛布のかび臭い匂い。

クッションのほとんど感じられない、敷き布団がわりのボロ布。

本当はお風呂に入りたいけれど、柔らかい布団でぐっすり眠りたいけれど、そんな贅沢《ぜいたく》も言っていられない。

ここは――【外敵】との戦いの最前線。

札幌《さっぽろ》に最も近い人類の拠点で、物資に余裕なんてないのだから。

「ご飯だけでも、食べなきゃ……」

もそもそと起き上がり、わたしは渡されていた糧食を少しずつ口に運ぶ。

確かにおいしく、栄養もある自衛隊の配給品。

ただ……十三歳の自分には。中学二年生であるわたしにとっては、あまりに寂しい食卓で。最低限の栄養を取るという、義務以上の価値を感じられなかった。

それでも、パックに盛られたカレーを数口食べ、水を飲み一息ついたところで、

「……勝てた」

わたしはひとり、静かにそうこぼした。

「わたしの力で……勝てた」

——未来視。わたしの持つ、特殊な能力。

その力を自衛隊に認められ、情報を活用してもらった今回の戦闘で——人類は初めて【外敵】から領地を奪還することに成功した。

数週間の戦闘で札幌《さっぽろ》は完全に人類の手に戻り、小樽《おたる》や旭川《あさひかわ》でも戦いは継続中。

北海道は、完全に取り戻せる見込みとなった。

「……よし」

背筋を伸ばし、わたしはスプーンを持つ手に力を込める。

そして、勢いよく栄養を口に運び、

「頑張ろう……」

誰もいない部屋で、力強くつぶやいたのだった。

「みんなを助けられるよう、これからも頑張らなきゃ——」

第二話

MitaraiMio niha Mirai ga Mieru

では、一緒に帰りませんか？

教室の黒板前。教壇の上で。

凛《りん》と背筋を伸ばし、澪《みお》はその顔に清楚《せいそ》な笑みを浮かべていた。

「はじめまして、神手洗《みたらい》澪です」

はっきりした口調で、彼女は自己紹介を始める。

「東京《とうきょう》から疎開してきました。つい先日、久琉美《くるみ》に引越してきたばかりです」

白い髪が背景の黒に映えている。

真《ま》っ直《す》ぐな目は理知的で、滑らかな頬《ほお》は石鹸《せっけん》の白さだ。

こうして見る限り、彼女は落ちついた美人にしか見えなくて、

「……おお……」

「……えー、かわいい」

「……いいな……」

クラスメイトたちからも、男女問わずそんなざわめきが上がった。

そうだよな……澪が救世主なのを知らなければ、まずはそういう感想になるよな。

なんだかその光景が面白くて。人類を救った彼女が、ちゃんと『女子高生』してるのが不思議に思えて。俺は廊下側後方の席で小さく笑ってしまった。

——朝一番の入学式を終え。

各クラスに分かれてオリエンテーションをしたのち、自己紹介タイムが始まっていた。

出席番号順に生徒たちに壇上に上がってもらい、軽く自分のことを話してもらう時間。

俺と澪の所属する一年一組には、全四十名の生徒が所属している。

男子十八名、女子二十二名。半分が元々この久琉美に住んでいた地元民で、残りの半分が日本全国から集まってきた疎開組だそうだ。

この中なら……俺と澪も。

全く別の町からやってきた俺たちも、自然に輪に混じることができそうだ。

「――趣味は、【IW禍《アイダブルか》】の前は漫画を読んだり、ゲームをするのが好きでしたね。ようやく世間も落ちついてきたんで、またそういうのを楽しめればなと――」

楽しげに話を続けている澪。

それを聞くクラスメイトたちの表情も、なんだか和やかだ。

教室全体に、和気藹々《わきあいあい》とした空気が満ちている気がする。

【IW禍】を経て、人類にはぼんやりとした結束感が生まれつつあった。

お互い戦いを生き延びてきた同士、不思議な仲間意識が芽生えている、というか。

だから、壇上の澪に向けられる視線は親しげで。

こうして見ると、昔からの友達同士であるようにも思えて。

そんな視線の中で、彼女は一度咳払《せきばら》いすると、

「ちなみに、なんですが」

ふいに、そんな風に話を転換する。

「そこにいる桃澤《ももざわ》さん。桃澤基雄《もとお》さんとは、地元が同じで」

「!?」

突然名を呼ばれ——慌てて背筋を伸ばした。

な、何だ……？

澪《みお》、なんで急に俺のことを——、

「一緒に、疎開してきたんです……」

いぶかる俺をよそに、澪は妙な含み笑いでそう言う。

意味ありげな声色で。吐息成分多め、秘密でも打ち明けるような口ぶりで。

さらに、

「つまり……そういう仲なので、お見知りおきを……」

どよ……と、もう一度教室にざわめきが走った。

「……そういう仲」

「付き合ってる……ってこと？」

「うふふ、あるいはそれ以上かも……」

煽《あお》るように言って、澪はもう一度蠱惑的《こわくてき》に笑い、

「ご想像にお任せします……♡」

いや、何言ってんの!?

ご想像にお任せ!?

あいつ、事前打ち合わせもなしで何唐突に設定作ってんだよ!?

クラスメイトから拍手が上がり、澪はしずしずと自分の席に戻っていく。

出席番号が次の生徒、なんだか大柄な女生徒が、澪の話に動揺した様子で壇上に向かう。

そして、さらにその次に自己紹介を控えた俺は。

このすぐあとに、自分のことを語らなくちゃいけなくなった俺は、

「……桃澤くんて、あいつか」

「へえ、あの人が彼氏……」

「言われてみれば、なかなかイケメン……」

クラスメイトからちらちら向けられる、好奇心丸出しの視線。

そんな中で何を話すべきか、改めて組み立て直さざるをえなくなったのだった。

＊

「――何やってんだよ。さっきの自己紹介……」

今日一日のスケジュールを終え。

昼時を待たずに本日は解散となり……俺はまず澪《みお》の席に向かった。

話しやすいようにしゃがみ込み、澪と同じ視線の高さにしつつ。

声を殺して、彼女に抗議する。

「一緒に疎開とか、そういう仲とか……全然、そんな話する予定じゃなかっただろ」

単に、地元の友達くらいの感じに見せるんだと思っていた。

日常的に澪の補佐をする以上「この学校で出会いました」風に見せるのは無理がある。

だから、無難に元々の友達だと。それくらいの雰囲気でいくのかなと……。

なのに、あんな意味深に……深い仲風のアピールして！

何なんだよ！　何がしたいんだよ澪は！

「えー、いいじゃないですか」

澪は軽い口調でそう言って、けれど俺の訴えをあっさり退ける。

「どうせ将来、夫婦になるんですし」

「そういう問題じゃないだろ」

「でも今後わたしたち、四六時中一緒にいることになるんですよ？」

こちらを向くと、澪は首を傾《かし》げ、

「登下校も一緒、教室でも一緒。家が同じマンションなのはすぐバレますし、一緒に買い出ししてるところを見られたりもするでしょう？」

「ああ、それはまあ、な」

「そのときに変に騒がれても厄介です。だったら、先に恋人ってアピールした方がいいじゃないですか」

「そうかなあ……」

それでも俺は、やっぱり納得がいかない。

「仲の良い友達でもいけた気が、する……」

そこまで言って……俺は、ふいに気付いた。

澪が『恋人アピール』した方がいいと判断した。

普通の女の子じゃない、元救世主。未来視能力を持った澪の判断だ。

【IW禍《アイダブルか》】の際、【α分隊《アルファぶんたい》】で働いていたときのことを思い出す。

あの頃は、何度も澪の判断に驚かされた。

そんなことしたら、国連軍は全滅するんじゃ？　なんて思ってしまう選択を繰り返し、それでも最終的には勝利を収めることができた。

だから、

「ああ……なるほど」

遅ればせながら、ようやく俺は納得する。

「そっか、未来を視《み》たのか……」

間違いない、そういうことだろう。

澪《みお》は未来を視《み》て、どんな自己紹介をするのがベストなのかを判断した。

何かしら事情があり、ここは『恋人同士』と思われる方が良い状況だったんだろう。

だから唐突に、予定にもないことを言い始めた……。

「そっか、そうだよな。そうに決まってる」

頭を掻《か》き、俺は改めて澪の方を見ると、

「ごめん、考えが足りなかった。未来視して、そうすることを選んだんだよな！」

補佐として、考えが足りなかったと思う。

澪を信頼することも、その思考を推し量ることもできていなかった。

これからは気を付けよう。まずは澪を信じるところから始めなきゃ——、

「え、未来視？」

澪が小さく首を傾《かし》げる。

「そんなの、全然してないですけど」

「してないんかい」

つっこんでしまった。

「なんだよ。てっきり能力使って、先を読んだのかと……」

「や、ただ単にいたずらしたかっただけですね。桃澤《ももざわ》さん、慌てるかなって」

「そういうの、やめてくれる？」

「まあ、実際予想どおりに慌ててくれたわけで。そういう意味では、未来視に成功したのかもしれませんね」

「何ドヤってんだよ。全然上手《うま》いこと言えてないからな」

ため息をつく俺に、澪はけらけらと笑う。

何なんだよ、そんな風に俺で遊んで何が楽しいんだ……。

まあ、仲が良いことを最初にアピールしとくのは、確かにありだなと思ったけどさ。

こんな風に俺を翻弄する必要がありましたかね……。

と、

「……桃澤さん」

ふいに、澪が真面目な声を上げる。

見れば――彼女の頭の上に、ぽっと灯《あか》りが点《とも》っている。

意識しなければ気付くこともできないだろう、かすかな光。

――未来視。

間違いない。

今、未来視が発動している。澪には未来が視えている――。

「一旦、この話やめましょうか？」

薄い笑みを浮かべて、あくまで自然にそう言う澪《みお》。

「わかった」

短くそう言い、うなずいた。

事情はわからないけれど、ここは彼女の言うとおりにしておいた方が――、

「――あ、あのー」

背後から、声がした。

「こ、こんにちは～」

緊張気味の、女子の声。

振り返ると――計三人。クラスメイトの男女がいる。

先頭の女子は女鹿沢《めがさわ》さん、だったか。澪の次に自己紹介をしていた、メガネと高身長が印象的な女の子だ。男子二人は確か、それぞれ星丸《ほしまる》くんと那須田《なすだ》くん。

「あ、あの、わたしたち……この辺の中学出身の、地元民で！」

女鹿沢さんが、必死の表情でそう言う。

素朴ながらも親しみやすく整った顔立ち。同い年にして非常に女性的な体形。

澪とは真逆な印象の彼女は、両手をぎゅっと握ってこちらに身を乗り出す。

そしてそれに、星丸くんと那須田くんが続いて、

「二人とも、東京《とうきょう》から来たんだろ？」

「なんか、その。よければ、色々話を聞いてみたくって……」

「わあ、もちろんです！」

澪が椅子から立ち、女鹿沢さんの手を握った。

「是非是非、お友達になりましょう！」

演技でも何でもない、心底うれしそうな声だった。

きっと、これも憧れだったんだろう。友達と過ごす穏やかな学校生活。

そういうのに、澪はずっと焦がれていたんだろうなと思う。

「……で、その！」

と、那須田くんが意を決した様子で声を上げた。

「二人は……っ、付き合ってるんだよね？」

「……ああー」

「神手洗《みたらい》さんが、自己紹介で言ってたの。付き合ってる、ってことだよね……？」

「……まあ、そうだな」

苦笑して、俺は那須田くんにうなずいてみせる。

こうなったら仕方ない。

皆の前では、カップルとして振る舞うしかなさそうだ。

「へー、いいなー……」

「俺たちの周りじゃ、付き合ってるやつらなんていなくてさ」

「そうそう！　だから、三人ともびっくりしちゃって……」

星丸《ほしまる》くん、女鹿沢《めがさわ》さんもそれに続く。

「東京《とうきょう》の子はやっぱりすごいね、色々聞いてみたいねって話になったの……」

「なるほど、そういうことでしたか」

納得いった様子で、うなずいている澪《みお》。

そして彼女は、ちょっと考える顔になり、

「ちなみに皆さん、おうちはどの辺りで？」

「ああ、えっと、ここから西ラボ前駅の方に向かう途中だよ」

和やかな笑みで、女鹿沢さんは教えてくれる。

「ちょうど、久琉美《くるみ》と西ラボ前の間くらいなんだ」

「ふむふむ、そちらの方角ですか」

久琉美と西ラボ前駅の間。

引越してくるとき、姉の軽トラで通った辺りだ。

区画整理された駅の近くと違い、自由に道が走っている辺り。

畑や空き地の多い、どこか懐かしい風景の町だったはず。

なるほど、確かにこの三人の大らかな雰囲気は、あの景色に似合いそうな気がした。

「では、一緒に帰りませんか？」

そんな女鹿沢さんたちに、澪はそんな提案をする。

「ちょうどわたしたちの家も、そちらの方角なんです。せっかくですから、お話ししながら帰りません？」

その問いに――三人は目を輝かせる。

そして、うれしさに高揚した声で、

「「是非！」」

そんな風に、言ってくれたのだった。

＊

五人で学校を出て、西ラボ前の方向に向かう。

住宅街の中を走る道を、雑談しながら歩いていく。

「神手洗《みたらい》さんは、桃澤《ももざわ》くんのどういうところに惹《ひ》かれたの？」

「彼、とっても落ちついてるんです」

「へえー！」

「内心ではそうでもないらしいんですが、どーんと構えてくれてる感じが心強くて。その安心感に、キュンとしちゃったんです」

四人がそんなことを話しているのを片耳で聞きながら、俺は街の景色に目をやる。

久琉美《くるみ》――不思議な街だなと、改めて思った。

きっちりと整理された区画、計画的に張り巡らされた歩道橋。

背の低い住宅と、硬質な外見の高層マンションが共存する静かな住宅街。

全体的に、理系っぽい印象が感じられた。

道路の配置も特徴的で、碁盤の目ではなく六角形の区画もところどころにあった。

これにも何か、科学的な理由があってそうなっているのかもしれない。

「……地元とは、正反対だな」

一人小さく、そうつぶやいた。

「東京《とうきょう》の下町とは、大違いだ……」

戦いの影響をほとんど受けておらず、がれきや廃墟《はいきょ》が見えないのも新鮮だ。

そんな特徴もあってか、この久琉美には【IW禍《アイダブルか》】を経て疎開民が集まり、それぞれに逞《たくま》しく日々の生活を送っている。

今も俺たちが歩く通りには、猫車で資材を運ぶ人や明らかに無許可の露店。

老若男女様々な通行人の姿が見えて……面白いコントラストだなと。

街のクールさと人々の泥臭さの取り合わせが面白いなと、そんなことを思った。

「ち、ちなみに！　なんだけど……」

那須田《なすだ》くん――雑談を経て、呼び捨てで呼ぶことになった那須田が、意を決したような声を挙げる。

俺たちはちょうど、古い住宅街に差し掛かったところで、あと少ししたら、駅前の繁華街。俺たちのマンションのそばに着くタイミングだった。

「ふ、二人はもう、付き合ってまあまあ経《た》つんだろ？」

「ああ、そうだな」

視線を向けられ、俺は適当にそう答えた。

「どれくらいになるの？」

「まあ、一年くらいというか、それくらいというか」

「となると、その……」

恥ずかしいのか、澪《みお》の方を見ないまま。

真っ赤な顔で、もじもじしながら那須田は言う。

「手を繋《つな》いだりとか、もうしたの……？」

「……ええ？」

「も、もしかして……ハグとかも、しちゃったり!?」

「……あ～……」

思わず、変な笑いが零《こぼ》れてしまった。

手を繋《つな》ぐ。ハグ。なんだか……変にピュアな勘ぐりだった。

高校生だったらもっと過激な想像をしそうなのに、かわいらしい妄想をしている様子だった。見れば女鹿沢《めがさわ》さんと星丸《ほしまる》まで、目を輝かせ俺の返答を待っている様子だ。

なんか、良いやつらだなと思う。

もちろん、同じ学校にいるやつらが全員善人だとは思わない。

この街出身の人たちがみんなこうでもないだろうし、そもそもこの三人にも、人に言えないような気持ちも考えもあるだろう。

けれど、最初にできた友人が、こんな風にどこか素朴なやつらであることは。

気の良いやつらであることは、うれしいことだなと思った。

——のも束《つか》の間《ま》。

「ええ、それはもう……」

なぜか澪《みお》が、変に色気のある声で言う。

「もちろん、そういうこともありますよ……」

……なんだ、そのリアクション。

なんか、嫌な予感がするんだけど……。

「え、じゃあその、具体的には!?」

案の定、女鹿沢さんが食いついてしまう。

「どれくらいのことを、しちゃってるの⁉　言える範囲で、全然いいんだけど……！」

「そうですねえ……」

立ち止まりこちらを見る澪。

そして、彼女はにんまりと笑ってみせると、

「……これくらい、でしょうか……」

そう言って、

「……⁉」

俺の身体《からだ》を、強く引き寄せた。

前のめりに二、三歩、澪の身体に倒れかかる。

そこを待ち受けていたかのように、彼女の両腕が俺を抱きしめる。

鼻をつく、甘いシャンプーの香り。

身体で感じる澪の柔らかさと華奢《きやしや》さ。予想外に存在感のある胸の膨らみ。

そして、

「……わ、わああ……」

と狼狽《うろた》えている、女鹿沢さんたちの声。

——な、何を……⁉

身体中《からだじゅう》が、一瞬で熱を帯びた。

汗が噴き出して思考が焼き切れて、現状を把握できない。

澪《みお》はいきなり、何をしでかして……。

俺たち、抱き合っ——、

——轟音《ごうおん》がした。


俺の背後、ついさっきまで俺が立っていた場所。

そこで——何かがひしゃげる、大きな音がした。

——反射で振り返る。

【IW禍《アイダブルか》】の頃の緊張感が、東京《とうきょう》が戦場になった日の恐怖がみなぎる。

敵襲？　暴発？　事故？

「うわあっ⁉」

「えっ⁉　何⁉」

女鹿沢《めがさわ》さんたちも跳び退り、驚きの声を上《し》げている。

そして——一瞬の間のあと。

そんな全員の視線の中心、俺がいた場所にあったのは——、

「……看板、か」

古い煙草《たばこ》の看板だった。

俺たちがいる通り、そこにかつてあっただろう古い商店。

老朽化した看板が、自然に朽ちて落下したらしい……。

店との接合部をちらりと見ると、錆《さ》びてねじが外れただけのようだ。

誰かによる意図的なものである可能性は、限りなく低そう――。

「……あ、危なかったねえ！」

沈黙を破ったのは――素っ頓狂な女鹿沢さんの声だった。

「うわあ、うわあ……これ、当たってたら大けがだったでしょ！」

「マジだな、危なすぎだろこれ……」

星丸《ほしまる》はそう言って、忌々《いまいま》しげに建物を見上げる。

「管理者に連絡とかしとくか。まあ、【ＩＷ禍】以来建物の補強なんて、やってる余裕ないんだろうけど……」

「だ、大丈夫だった!?　桃澤《ももざわ》も、神手洗《みたらい》さんも！」

こちらに駆け寄ると、那須田《なすだ》は俺たちの身体をじろじろと見回し、

「怪我《けが》はなかった!?　飛んできた破片とかで、切れたりしてない!?」

「ええ、大丈夫だったようです」

落ちついた声で、澪《みお》は彼ににこりと笑い返した。

「間一髪でしたね」

「……ありがとな、澪」

そこでようやく、遅ればせながら俺も礼を言った。

「危うく大けがするところだった。ワンチャン死んでたかも……」

澪がもし、あのとき身体《からだ》を強く引き寄せてくれなかったら。あのとき話題に乗じて自分を助けてくれなかったら、確実に看板が激突していただろう。

大けがでは済まなかったかもしれないし、感謝してもしきれない。

きっと、未来視してくれたんだ。

例の頭上の光こそ見逃したけど、澪は看板が落ちる未来を視《み》て俺を助けてくれた……。

「いえいえ、わたしもまさか、こんなことになるなんて」

わざと驚いたような顔を作り、そう言う澪。

「ハグで桃澤《ももざわ》さんを救えるなんて、思ってもいませんでした」

「……そうだな」

そして彼女は、にやりと笑うと。

意味深に俺に目配《めくば》せすると、

「これも……愛の力ですね」

そんなことを言った。

その台詞《せりふ》に、またもや女鹿沢《めがさわ》さん、那須田《なすだ》、星丸《ほしまる》は、小さく盛り上がるのだった。

＊

「盛りだくさんな一日だったな……」

その晩。

夕食を食べ終え（結局今日も澪と二人でだった。「え、普通に一緒に食べるでしょ？」みたいなノリだった）、明日の準備をして風呂に入り。

髪を乾かし終えると、俺はひとりベッドに向かいながらそうつぶやいた。

入学式に自己紹介。

新しい友人に、帰り道での出来事。

本当に、一日澪に振り回されっぱなしだった。

彼女の奔放さと、未来視の能力。その二つにめちゃくちゃ翻弄されてしまった。

「……まあ、そうは言っても」

と、ベッドに座りながら自嘲し、

「おかげで命が助かったんだけどな……」

言いながら、布団の表面を手で撫《な》でた。

まだ新品の匂いの残る、清潔な布団。

【IW禍《アイダブルか》】の頃、【α分隊《アルファぶんたい》】で全国を飛び回っていた時期は、汚れた毛布があれば御の字。

寝具なしで寝ることさえあったから、その柔らかさがありがたい。

今日もゆっくり、眠ることができそうだ。

なんて、思っていたけれど……。

「……」

違和感を覚えた。

敷き布団の上にかぶせられた布団。

そこに何かこう、ある種の『存在感』が……。

ゆっくりと、恐る恐る布団をめくると、

「……澪《みお》……」

「見つかっちゃった♡」

澪がいた。

既にパジャマに着替えた澪が、掛け布団と敷き布団の間に隠れていた。

「見つかっちゃった、ハート、じゃないんだよ……」

ため息をつき、俺は一旦立ち上がる。

「さっき部屋戻ったよな？　いつの間にこんなとこに……」

「桃澤《ももざわ》さんがお風呂入ってる間ですよ」

「よくそんなタイミングを察知できたな」

「そこはほら、未来視で」

「能力そんなことに使うなよ……」

本当にこの子、その力で人類救ったのかよ。

【外敵】も草葉の陰で泣いてるぞ、あんなのに負けたのかって。

「ていうか、鍵かけてたのにどうやって入ったんだ？」

「いやそれは、普通に夢生《むう》ちゃんに合鍵もらってるんで」

「俺もう、澪《みお》の普通がわかんねえ」

一度キッチンに行き、落ちつくために水を飲む。

蛇口をひねれば綺麗《きれい》な水が出ることに感謝しつつ、コップで一口それを飲んだ。

本当に、最後の最後までバタバタの一日だ。

初日からこんな調子で、俺は今後もやってけるんだろうか……。

「一緒に寝るのはダメですか？」

「いやダメだろ、そりゃ」

背後の澪から聞こえた声に、俺は苦笑いで振り返った。

「いくらのちに夫婦になるにしても、お互いまだ高校生だし」

「そうですかー」

残念、みたいな顔で澪は笑う。

けれど、その態度が思ったよりも穏当で。

本当は、「いいじゃないですか減るもんじゃなし！」みたいに食いつかれると思っていたから、虚を突かれた気分で、

「さっき、部屋で一人で寝ようとしたんですけど」

そんな俺に、澪は続ける。

「なんだか、【IW禍《アイダブルか》】の最中を思い出して。ほらわたし、いつも一人で寝てたんで」

「ああ……」

――【IW禍】の頃。そうだ、俺も覚えている。

救世主の居場所は俺たちスタッフにもほとんど明かされなかった。

特に夜、寝床は極秘中の極秘。

ごく一部のスタッフしか場所を知らされず、救世主はいくつかある部屋のどこかでランダムに眠る、と聞かされたことがある。

合理性だけで決められた睡眠場所、時間。

人間性とはほど遠い、事務的な休息時間。

今も澪《みお》はそういうものを思い出し、寂しくなるのか。

「……ああ、じゃあ」

と、そこで俺は思い立ち、

「寝落ち通話とか……する？」

「寝落ち通話？」

「ほら、お互い布団の中で、通話を繋《つな》げるんだよ。どっちかが寝ちゃうまで。それなら、寂しくないかなって……」

かつての姉たちが、よくやっていたんだ。

付き合い始めたばかりの彼氏や、仲のいい女友達と。

実家の寝室は四人姉弟《きょうだい》共有で、こちらとしてはうるさくてしょうがなかった。ケンカの種になったこともある。

だけど、今回は迷惑をかける相手もいない。

携帯の電波がガッツリ復旧した久瑠美《くるみ》でなら、通話が切れちゃうこともないだろう。

「……いいですね」

その提案に、澪は満面の笑みになる。

「やりたいです、寝落ち通話」

「おっけ」

喜んでもらえたなら幸いだ。

こういうのが、俺の仕事なんだろうとも思う。

人類のために貢献してくれた救世主、神手洗《みたらい》澪。

そんな彼女に「普通の幸福」を味わってもらう。

十五歳の少女としての、ありふれた日常を楽しんでもらう。

内心は……ドキドキしてしまっているけれど。

澪と寝落ち通話することに、変なそわそわ感を覚えているけれど。

そこは頑張りたいと思う。なんせ俺も、澪に命を救われた人類の一人なんだから。

……そんなことを、考えていたのに。

ちょっとエモい気分になっていたのに、

「じゃあ、ほら、来てください」

澪はなぜか、もう一度ベッドに横になる。

「ん？」

「早くしましょう」

「は？」

彼女は、人一人分のスペースを空け、そこをぽんぽん叩《たた》いてみせ、

「ですから、寝落ち通話するんでしょう？」

「お、おう……」

「布団の中で……ここで同じ布団にくるまって、通話するんでしょ?」

「どういう勘違いだ」

普通にお互いの部屋でだよ！

それぞれの部屋のそれぞれの布団の中で通話するってことだよ！

通話繋《つな》げる意味！　一応今もあんまり無駄に電波使わない方がいいんだぞ！

「あはは、わかってますよ」

けれど、澪《みお》はそう言って存外あっさりベッドを出る。

「ちょっとからかっただけです」

「ちょっとじゃないんだよなあ」

軽やかな足取りで、玄関に向かう澪。

そのあとを追い、見送りに出る俺に、

「じゃあ……またあとで」

玄関で靴を履きながら、澪はうれしそうに笑う。

「お布団に入ったら、連絡しますから」

その表情は、彼女の本心が滲《にじ》んでいる気がして。

寝落ち通話の提案を、本当に楽しみにしてくれているように見えて。

「おう、待ってる」

なんだか俺も、素直に彼女に笑い返したのだった――。

第三話

MitaraiMio niha Mirai ga Mieru

これ……
クビの危機では？

「椋井《むくい》さんが言ってたの、ここだよな」

昼休み。校舎の階段を上った最上階。

屋上への扉の前に、俺は立っていた。

「っし、いくかー」

俺の上司であるところの女性、椋井夢生《むう》さん。

【α分隊《アルファぶんたい》】にいたときと同じく、この『澪《みお》の生活補佐』においても、彼女は上長として
俺をサポートしてくれることになっている。

というか、初日からこの学校に潜入、監視もしてくれていたらしい。

姿は見えなかったけれど、きちんと俺たちのバックアップをしてくれていたみたいだ。

そして——今日。

授業が始まり、少しずつ学校生活が回り始めたこの日。

学校の屋上にて。俺と彼女、初めてのミーティングが開かれることになっていた。

「失礼します」

緊張気味に、扉を開ける。

椋井さんなあ……。

気が強くて頭が切れて、ワイルドな二十代女性。

【α分隊】では適当にまとめられた黒髪と、自衛隊支給の勤務服がトレードマークだった。

俺にとって頼れる上司であり、同時に気を張ってしまう相手でもある。
だから……どうなるだろう。
このミーティング、どんな内容になるんだろう。
そんな風にちょっとだけ重い気分で、屋上を見回した。
けれど、
「……あれ、いない」
その姿が、どこにも見えなかった。
約束の時間ちょうど。
椋井さんがこういうのをすっぽかすことなんて、これまで一度もなかったのに。
目に入るのは、片隅で街を見下ろしている一人の女生徒だけだった。
多分あの感じは、三年とか二年の先輩だろう。
ピンクアッシュの髪に着崩した制服と、なかなか派手な格好をしている。
多分だけど、【IW禍《アイダブルか》】前には韓国のアイドルとか好きだったタイプだな。
……人払いもちゃんとできてないなんて。
そんな基礎さえおろそかにするなんて、本当に椋井さん、どうしちゃったんだろう。
そんなことを考えていると、
「……ん？」

例の派手髪先輩がこちらを振り返る。

ばっちりメイクされた顔、気の強そうな切れ長の目、白い肌に映える赤い唇。

そして彼女は、気付いたような顔になり——なぜかこちらに歩いてきた。

え？　何……？

なんか俺に用？

まずいな、ミーティング前に絡まれるのはちょっとまずい。

申し訳ないけど、ここはダッシュで逃げたりした方がいいか……？

鞄《かばん》を持つ手に、ぎゅっと力を入れる。

そして、意を決し。その場から駆け出そうとしたところで、

「お疲れ、桃澤《ももざわ》」

先輩が。

派手髪の彼女が、そんな風に声をかけてきた。

「え」

「どうした？　何かあった？」

「え、いや」

一度目を擦《こす》り。

それでもできるだけ冷静さを失わないよう心がけつつ、

「もしかして……椋井《むくい》さん？」

「……そうだけど？」

俺の問いに――派手髪先輩改め椋井さんは、不思議そうに首を傾《かし》げる。

「だって、今日ミーティングって約束したろ？」

「それは、そうですけど……」

……いや嘘《うそ》だろ⁉

この目の前のＴｉｋＴｏｋやってそうな女子が椋井さん⁉

【α分隊《アルファぶんたい》】での印象と違いすぎだろ！

あの頃は『質実剛健の擬人化』みたいな感じだったのに！

化粧っ気とかお洒落《しやれ》さとか、一ミリも感じなかったのに！

でも確かに……意思の強そうな目と、すっと通った鼻筋。

きゅっと閉じた薄い唇と、引き締まった体つき。

……椋井さんだ。

よく見れば、顔の作りも体つきも、間違いなく椋井さん本人なのだった。

ていうかなんで制服着てるの？　【ＩＷ禍《アイダブルか》】前は女子大生だったはずだよね……？

あと、なんか胸元無防備じゃない？

色々見えそうでそわそわしちゃうんですけど……。

そういう衝撃のあれこれを、俺は一度頭の中で咀嚼《そしやく》してから、

「驚きました。普段と印象が違いすぎまして」

「そうかな？」

不思議そうにそう言って、椋井《むくい》さんは自分の身体《からだ》を見下ろし、

「【IW禍《アイダブルか》】前の髪とメイクに戻して、制服着ただけなんだけど」

戻しただけ⁉

じゃあむしろ、この人は元々こういう人だったの⁉

「学生の振りしてるのは、その方が近くで澪《みお》を確認できるから。まあ、実際は高校出て四年くらい経《た》つけど、まだそんなに不自然じゃないでしょ？」

「それは、そうですね」

確かに、ちょっと大人っぽい印象ではあるものの。

十八歳くらいの先輩と言っても、問題なく通る外見になっていた。

……そうか。

これからも俺、この感じの椋井さんと色々仕事の話とかするのか。

それはなんか、不思議な気分だな……。

「てことで、ミーティング始めるよ」

夢見心地の俺の前で、椋井さんはどっかとその場に腰掛ける。

そして、傍らの鞄《かばん》からノートパソコンを取り出し。

手際よくそのディスプレイを開きながらこちらを見て、

「まずは桃澤《ももざわ》――ここまでの生活の、報告をお願い」

単刀直入に、本日の議題に入ったのだった。

＊

「――ふんふん、それから女鹿沢芽依《めがさわめい》……」

一通り入学式以降の出来事を報告し。

最後に、星丸《ほしまる》、那須田《なすだ》、女鹿沢さんについて説明すると、椋井《むくい》さんはきびきびとパソコンの操作を始めた。

「……身長168センチ、体重63キロ。実家はこの辺で代々の農家。海外渡航歴はなし。【IW禍《アイダブルか》】の際にも特に目立った活動はせず、休校になったときには家の農作業の手伝いをしていた……工作員の心配は、不要かな」

えぐい勢いで、個人情報が掘られていた。

それ、一体どんなデーターベースに接続してるんですか。

もしかして、俺のことも細かく書かれてたりするんですかね。

「そんな顔しなくてもいいだろ、桃澤」

風にピンクの髪をなびかせ、ＰＣを見たまま椋井さんは言う。

「友達を探るのに、抵抗があるのはわかるけど」

しまった、顔に出てたか。

そうならないよう気を付けていたんだけど。

「すいません」

まずは素直に、そう謝った。

「ただ、そうですね。確かに抵抗はありました。女鹿沢さんたち、本当に素朴で良い子たちなので」

あんなに悪意のないやつら、そういるもんじゃないと思う。

仕事やら色んな事情を抜きに大切にしたいと思う。

だからできれば、『個人情報』を探るなんて、そういうことはしたくなかったな……。

椋井さんは、一度考える顔になってから、

「……澪《みお》はさ」

その名前を口にした。

「澪は今、本当に重要なポジションにいるんだ」

あくまで雑談風の軽い口調。

表情にも、小さく笑みが浮かんでいる。

けれど俺は、彼女がこれから大切なことを言うのがはっきり理解できる。

【IW禍《アイダブルか》】で世界のバランスは大きく崩れた。【外敵】が大国ばかりを狙ったのもそうだし、国連軍に戦力を提供していた比率が大きい国ほど消耗したのもそうだ。表面こそ穏やかだけどね。けど事実、強かった国は大幅に弱体化。そうでなかった国が今後の世界秩序の牽引役《けんいんやく》になろうと画策している」

「それは、そうですね」

戦前の均衡は、水面下では完全に崩れ去っている。

今やどこの国がどんな未来を辿《たど》るか誰もわからない。

先行きは、かつての大戦後以上に不透明な状況だろう。

「そんな世界で、未来が視《み》える澪《みお》は最大の重要人物だ。彼女自身のためにも、この国のためにも。すべての人のためにも、彼女をしっかり守り抜かなきゃいけない」

「……はい」

「だからときにはそう、こうやって私情を排さないといけない場合もあるんだ」

ふうと息を吐き、椋井《むくい》さんは腕組みでディスプレイを見る。

その表情に、椋井さんも完璧に割り切れているわけではないことを思い知る。

「わたしたちは、もうそういう立場の人間になっちゃったんだよ」

「……そうですね」

確かに、椋井さんの言うとおりだ。

俺たちが背負った任務は、誇張抜きで地球の未来を左右する。

友達だからと手加減したり、気を抜いたりすればそこからすべてが崩れ去ってもおかしくない。そのことは、改めて肝に銘じたいと思った。

「なんてまあ」

と、椋井さんはあははと笑ってみせ、

「桃澤《ももざわ》にはそんなに張り詰めてほしくないけどね」

そう言って、俺の背中をぽんぽん叩《たた》く。

「澪の隣で、一番の友達として過ごすんだ。普通の高校生の一面も失ってほしくないよ」

「難しいですね、そこのバランスが」

「そうそう、実際難しい。普通になりすぎても張り詰めすぎても、きっと何かが上手《うま》く回らなくなる。しかもそれを見て、上が不適切だと判断したら、あっさり配置だって変えられかねない」

「マジですか？　上って、そんな血も涙もないんですか？」

「うん。残念ながらね」

椋井さんは、そう言って肩をすくめてみせた。

「今のスポンサーというか、指揮権があるのは、わたしじゃあ説得できないタイプの人たちだから。場合によっては、マジでクビ切られると思う」

「いや怖《こ》っわ」

「だろ?」

「クビになるとしても、せめて退職金はたんまりもらいたいです」

「そんなん当然ゼロだよ」

そして、椋井《むくい》さんは悪友みたいに笑い。

いたずらな口調で、こう言ったのだった。

「だから……のらりくらりかわしていこうぜ。桃澤《ももざわ》は、澪《みお》にも気に入られてるんだから」

「了解っす」

そんな風に笑いあい、二、三伝達事項があってからミーティングは終了となった。

もう少し仕事をしてく、という椋井さんを残して、屋上を去る。

改めて……色々気を付けよう。

澪の側近を続けられるよう、注意しようと考えながら。

……どうやら俺、実のところ。

この仕事と生活を、内心結構気に入り始めているみたいだ。

＊

けれど、そんなことを考えた直後。

放課後前の掃除の時間。

澪の班が教室を、俺の班が廊下を掃除しているそのタイミングで。

「ねえねえ、桃澤くんは……もう見た？」

同じ班員として一緒に掃き掃除をしていた女鹿沢《めがさわ》さんが、小さく声をかけてきた。

女子にしては高身長。けれど、柔らかに整った顔と穏やかな物腰、素朴なメガネとさっぱりとしたショートヘアーで、男子に大人気だという俺の友人。

そして彼女は――、

「例の、『救世主』が映ってる動画……」

「……んっ⁉」

――噴き出しかけた。

唐突に『救世主』なんてフレーズを出されて、噴き出しそうになった。

すんでのところでそれを押さえ込み、

「……動画？　『救世主』？」

初めて聞いた、みたいな顔で尋ね返す。

「うん。あのね、学校で昨日から話題になってる動画があって……」

「……ほう」

その台詞《せりふ》に……なんとなく、今日の教室の雰囲気を思い出す。

登校直後、授業中、昼休みやこの掃除中。

確かに、なんか変な雰囲気は感じていた。

皆がひそひそ何かを話していたり、スマホを見ながら密談していたり。

さらに言えば……時折、澪《みお》の方に視線が向けられるような気もしていた。

まあ、あの子は元から男子によくチラ見されてたし、特には気にしてなかったんだけど……。

「わたしも、友達に送ってもらったんだけど」

女鹿沢《めがさわ》さんはスマホを取り出し、真剣な顔で画面を何度かタップする。

「女の子と自衛隊の人が映ってて、その女の子の方が……例の【IW禍《アイダブルか》】のときの『救世主』なんじゃないか、なんて言われてるんだ」

――【IW禍】。『救世主』。

もう一度出たそのフレーズに、拳をぎゅっと握った。

『救世主』や『未来視』の存在は、一般の人々にもきちんと知れ渡っている。

戦いの最中。ネットも電話も使用が制限される中。

人から人に口伝えで、神話のようにその情報は広がっていった。

戦後になってからは、改めてその活躍が報道もされた。

もちろん、正体は秘匿されている。それでも超常的な力で【外敵】を打ち破った救世主は、世界中の人々から熱烈な感謝を受けた。

そこにきて……動画？

女の子が映ってる……？

何だそれ、聞いたことないぞ……。

女鹿沢さんが、スマホのディスプレイをこちらに向けてくれる。

困惑する俺に、動画を見つけ終えたらしい。

「ほら、これ」

「この動画、なんだけど……」

『kobe.20XX.10.12』と名付けられた動画ファイル。

女鹿沢さんがタップして、その再生が始まる。

映されているのは、国内のどこかの都市。【外敵】との戦いで、荒れ果てた街だった。

なんとなく、東京《とうきょう》じゃなくて関西圏なんじゃないかという雰囲気だ。

ファイルのタイトルどおりだとすれば、神戸《こうべ》なんだろう。
いくつか大阪《おおさか》辺りで人気だという、チェーン店の看板も見えた気がする。
そんながれきまみれの景色を……これは、どこかの屋上だろうか？
高いところからスマホで撮影している、そんな雰囲気の映像だった。
「ほら、ここ……」
しばらくして、画角内に数人の人が映る。
迷彩服を着た大人四人。これは間違いなく、自衛隊の隊員だ。
そしてさらに——もう一人。女の子が映っている。
こんな光景の中、私服で歩いている女の子。
遠方から映しているせいで、その顔立ちはよくわからない。
何度もズームされるけれどピントが合わず、若い女性であることしか見て取れない。
ただ、
「ね……髪が白いの」
女鹿沢《めがさわ》さんの言うとおり。
その少女の髪は、真っ白だった。
戦場でも目を惹《ひ》く、綺麗《きれい》な白のロングヘアーだった。
「……なるほどね」

平静を装いつつ——背筋にぞっと、冷たいものが走った。

澪《みお》だ。多分澪だ。おそらく間違いない。

【ＩＷ禍《アイダブルか》】の真《ま》っ只中《ただなか》、自衛隊員と行動を共にしているあの子の映像だ。

……なんでこんな動画が流出してるんだよ！

しかも、『救世主』だなんてご丁寧に解説までつけて……！

「動画自体は、【ＩＷ禍】の最中から久琉美《くるみ》の一部で回し見されてたらしいのね。親戚に自衛隊員がいる人が、こっそりシェアしてもらったんだって」

「ふうん、ありそうな話だな」

必死に平静を保ちつつ、何やってんだよと憤りを覚える。

なんでそんなことをするんだ、その自衛隊員。

軽い気持ちなんだろうけど、何か起きたらどうするつもりだったんだ。

「で、さすがに時間が経《た》ったし、みんなこの動画のこと忘れかけてたんだけど……澪ちゃんが引越してきたでしょ？　それで、似てないか？　って話題になってて。白い髪もそうだけど、体格の感じとかも結構近いよなって噂《うわさ》で」

「あー、そういうことかあ」

うなずいて、俺はひとまず軽い表情で笑ってみせる。

確かに、噂になるのも仕方のない流れだ。

真偽不明の動画が回ってくる。のちにそこに出てきた女の子とそっくりの生徒が入学してくる。そりゃ、興味を持たれて当然だろう。

とはいえ……困ったな。

椋井《むくい》さんとのあんな話があった直後だ。正体バレはマジ困る。

だから俺は、何食わぬ顔でバババッと言い訳を考え、

「確かに、この動画に映ってる子は澪《みお》に似てるよな」

「あ、桃澤《ももざわ》くんもそう思う⁉」

「うん、髪も白いし。なんか歩き方も似てる気がする」

「だよね⁉　だよねえ⁉」

「でも」

と、俺は画面を指差し、

「ここ、多分関西だろ？　俺たち、東京《とうきょう》に住んでたし長距離の移動なんて無理だったし、やっぱり澪ではないだろ」

まだその噂《うわさ》に、証拠はない。

多分皆も、これで澪＝救世主で確定、なんて思ってはいないだろう。

そして逆に、その説を補強する証拠も今後出てこないはずだ。

だから、このままなんとなく流してしまえば。

話を終わらせてしまえば、いつか時間とともに忘れ去られてしまうはず。

「なるほどぉ、そうかあ……」

女鹿沢《めがさわ》さんは、案の定残念そうな顔になる。

嘘《うそ》をつくのは申し訳ないけど、澪のためだ。

これからもいい友達でいるためにも、許してもらいたい。

そう思っていたのに、

「そうかあ……桃澤くんは、そう思うんだね」

「……ん？」

「少なくとも桃澤くんは、澪ちゃんが救世主じゃないと。この動画の子でもないと思ってる、と……」

「まあ、そうだけど」

腕を組み、うつむきぶつぶつ言う女鹿沢さん。

どうしたんだよ。なんか、普段の感じと違うけど……。

それに、不穏なことつぶやいて……一体何なんだ。

「そっかそっか。でもわたしね……気付いたんです」

言って、女鹿沢さんは顔を上げる。

見れば——彼女はその頬《ほお》を上気させ。

興味津々、期待に目を輝かせ俺の方を見ていて、

「澪《みお》ちゃん……なんか、ときどき未来を視《み》てる感じがあると！」

ビシッとこちらを指差し、宣言するように言った。

「未来視能力者っぽいところがあると！」

「ど、どういうこと？」

「観察してたんだけどね」

ふふふ、と女鹿沢《めがさわ》さんは得意げに笑い、

「澪ちゃん、授業中に先生に当てられると、いつもちゃんと答えられるでしょ？　正答率、今のところ一〇〇パーセントな感じで」

「おう、だな……」

「でもね、よく見ると普段は結構ぼーっとしてるんだよ。で、当てられる直前になるとちゃんと授業を受け始める。これ、ちょっと未来視能力者っぽくない？」

「お、おう……」

おい澪！　そんなことしてたのかよお前！

何してんだマジで、女鹿沢さんにバレかけてるぞ！

「そういうことがちょくちょくあるし……何より入学式の日。一緒に帰ったとき。落ちてくる看板から桃澤《ももざわ》くんを助けたでしょう？」

「ああ。だな……」

「あれだって、未来が視えてればできて当然だよね。恋人を危険から守ることができる。逆に言えば、そうでもなきゃあんなのできすぎだよ！」

「……そうかな」

「だから、桃澤くん……」

メガネをスチャッとさせて、女鹿沢さんは薄い笑みで言う。

「君の恋人は、すごい秘密を君に隠してるかもしれない。人類の救世主なのに、それを隠してるかもしれない！」

「は、はあ……」

そして、彼女はこちらに手を差し伸べ、

「一緒に、解き明かそう！」

そんな風に、提案してきたのだった。

＊

「わたしたちで——澪ちゃんの正体を見破ろう！」

「これ……クビの危機では？」

その晩、自室に帰り夕飯の用意をしながら。

澪《みお》と俺、二人分のカレーを作りながら、そうぼやいていた。

「澪の正体がバレる可能性、ワンチャンあるのでは……？」

あのあと、結局断る理由も思い付かず。

なぜか俺は、女鹿沢《めがさわ》さんとの『澪の正体探り同盟』に参加することになってしまった。

「──きっと、澪ちゃんも本当は知ってほしいはずだよ！」

大きな目を爛々《らんらん》と輝かせ、女鹿沢さんは力説していた。

「──恋人である桃澤《ももざわ》くんにも、自分の真実の姿を知ってほしいはず！」

「──だから、解き明かそう！　あの子のためにも！　二人の未来のためにも！」

ずいぶんと盛り上がっていた。

普段の素朴さが嘘《うそ》みたいなテンションだった。

かくして、俺も彼女と一緒に澪の様子を窺《うかが》うことになるという、謎展開になってしまったのだけど……。

……これ、冷静に考えたら結構まずいよな？

本当に女鹿沢さんが澪の正体を暴き出しちゃったら、素でヤバいよな……？

澪はもうこの街にいられないし、どこかに引越すことになるだろう。

当然、俺もクビだ。

正体漏洩《ろうえい》を謎に手伝った無能補佐官として、解雇されること間違いなしである。

というか、そこまでいかなくても。

例えば、澪《みお》を探ろうとしてるのがバレるだけでも、普通にまずい気がする。

何してんだお前って話になるし、それはそれで上の心証も悪くなりそうな……。

だから、

「――ただいまー」

時間になり、やってきた澪。

夕飯を食べにきた彼女にも、

「おうおかえり。ここ澪んちじゃないけどな」

「お、この匂いはカレーですね！」

「うん。久しぶりにルーが手に入ったから」

「いいですねー！　じゃがいもが入っているのもよきです！」

「だろ？」

女鹿沢《めがさわ》さんとの件は、今は言わないでおこうと思う。

誰にも知られる前に、なんとか彼女の暴走を阻止しないと……。

＊

その日から、女鹿沢さんとともに澪の様子を窺《うかが》う日々が始まった。
我ながら意味不明である。
救世主であり、未来視能力者である澪の生活を補佐しつつ。
澪が未来視能力者であり、救世主であることを女鹿沢さんと探り出そうとしている。
どういう状況だ。頭こんがらがるわ。
これまでどおり澪と一緒に暮らしつつ、時折女鹿沢さんとやりとりする毎日。
彼女から定期的に、
『――今怪しかった！　ほら、さっきの発表！』
『――体育のバレーボール中！　明らかに未来を読んでたよ！』
『――抜き打ち小テスト、また満点だって！　もうこれで確定でしょう！』
なんて連絡が来て、俺もそれらしい返答をする。
実際彼女の言う『未来視能力者っぽい行動』は、こじつけなことも多かった。
先生の出した問題をすらすら解けたとか。
まだ習ってない英単語の意味を答えられたりだとか。
多分それ、予習したり偶然知ってただけだと思います……。

ただ逆に、そこそこ「あ、それはマジの未来視したやつだ」ってのもあったりした。

『――高句麗《こうくり》、新羅《しらぎ》、伽耶《かや》、それから百済《くだら》でしょうか？』

これは未来視だな!? 澪《みお》、世界史全然興味ないもんな！

『――あ、今日は購買も行きたい気分ですね。レアなパンを入荷してそう……』

これも未来視だ！ バレやすいし止《や》めとけよそういうの！

『――皆さん、傘持ってきました？ なんかこのあと、降りそうな気がします』

善意なのはわかるけど、今はそういう未来視もやめてくれ！

こうしてみるとバレバレな瞬間も結構あって。それはそれで、「よくここまで隠し通せたな……」なんて感心もしてしまったのだった。

というか未来視のときに頭に点《とも》る光、結構弱い感じでマジでよかった。あれがもうちょっと明るくなってたら、確実に女鹿沢《めがさわ》さんにも気付かれてたな……。

しかし、ここからどうすればいいんだろう。

どうすれば、女鹿沢さんに「やっぱり違ったな」「澪ちゃんは普通の女の子だったな」って思ってもらえるんだろう。

そんなことを考えつつ、しばらく経《た》ち。いつものように、我が家で澪と夕飯を食べ終わったあと、事態は動いたのであった――。

＊

「わたし、気付いてるんですからね……」

澪がそう言ったのは、夕食後のお茶タイム。

このあと何しよう。ゲームか読書か動画か、なんて考えていたときのことだった。

「ん……気付いてる？」

女鹿沢さんにメッセージを返していた俺は、スマホから顔を上げる。

「なんの話……？」

「桃澤《ももざわ》さんが、わたしに隠し事をしてるの、ちゃんと気付いてるんですから！」

こちらをきっとにらみ、糾弾するように言う澪。

……隠し事？

思い当たることを探して、すぐに俺は理解する。

……もしかして『これ』のことか？

今手元でやりとりしてる、例の件のことか……？

とはいえ、まだ向こうの意図がわからない。

「……だから、なんのことだよ？」

そんな風にワンクッションを置くと、

「ほう、あくまでしらばっくれると……」

半眼になり、澪《みお》はむんと腕を組む。

「何でもないと、それで逃げ切るつもりなんですね……」

「いや、なんのことかわかんないし。どうしたんだよ、急に……」

女鹿沢《めがさわ》さんの件で困っているけれど、それを打ち明けるわけにもいかない。

なんとかしらを切れないかと、必死にポーカーフェイスを貫こうとする。

それでも、

「でも……わたし未来が視《み》えてます！」

チェックメイト！　みたいな顔で澪は言った。

「桃澤《ももざわ》さんが、完落ちして洗いざらい話す未来が！」

ふむ……俺が何かを白状するのは、この段階で確定か……。

そして彼女は、椅子から立ち上がり、

「ここしばらく桃澤さん……あの子と、メガちゃんとすごく仲良くしてますよね？」

最近呼ぶようになったあだ名で、女鹿沢さんを話題に出した。

「なんかいっつも、メッセージのやりとりもしてるじゃないですか！」

「……ああ」

だよな、やっぱりそのことだよな。

まあ、あれだけ四六時中連絡がくれば、当然怪しくも思われるか。

「わたしというものがありながら……」

ぷるぷるとその身を震わせ、唇を噛《か》みながら澪は言う。

「未来を誓った相手がいながら、よくも他の女と……！」

「いや、未来は誓ってないし、女とかそういうのでもないけど……」

いつの間にか作り上げられていた既成事実に、反射的につっこんだ。

けれど、澪は全く納得いかない様子で、

「かわいいですもんね！　メガちゃん！」

ぷんぷん怒りながらそんな風に続ける。

「しかも、めちゃくちゃおっきいですし！　バインバインですし！　そりゃ、桃澤さんも惹《ひ》かれちゃいますよね！」

「え、バインバイン？　何が……？」

「お胸に決まってるでしょうがッ！」

「そういうこと言うなよ、友達だぞ……」

さすがにノンデリすぎるだろ。体形とかそういうのは口に出すなよ……。

とはいえ、澪からすれば確かに気持ちのいいことでもないのかもしれない。

自分の側近が、クラスメイトと非常に懇意で。

しかも、その関係を明らかに自分に隠しているのだから。

そしてこうなれば……これ以上知らぬ存ぜぬは無理だろう。

「……えっと、まあ、ごめん」

だからまずはそう、素直に謝った。

「色々事情があったんだよ。あの子とやりとりしてるのは。でも、嘘《うそ》ついたのは申し訳ない……」

「ふん……事情、ですか」

憮然《ぶぜん》とした様子で、澪《みお》は鼻から息を吐く。

「どんな事情です？」

「いや、それはなあ……」

話してしまっていいものかどうか、よくわからなかった。

澪に経緯がバレて、そのままそれが上にも筒抜けに。結果、クビになったりなんてことがありえたりしないだろうか？　それはさすがに、俺も困るんだけど……。

「……なるほど、では仕方ないですね」

そう言って、澪はポケットからスマホを取り出す。

そして、メッセージアプリを起動、椋井《むくい》さん宛の通話メニューを呼び出し、

「今から……夢生《むう》ちゃんに報告します」

「……何を？」

「桃澤《ももざわ》さんが、わたしに内緒で不貞行為を行ったと……」

不貞行為⁉

そんなん全くしてないんだけど！

「わたしは未来の妻です。そんな相手を差し置いて、女の子とメッセージ三昧……これを不倫と呼ばずして、なんと呼ぶんですか……？」

友達だよ、クラスの女友達だよ！

澪の不倫の定義どうなってんだ……。

「その辺りを夢生ちゃんに報告すれば、離婚調停が始まります。そうなれば、桃澤さんは補佐官を解任。慰謝料に子供の養育費と、莫大《ばくだい》なお金を払うことになるでしょう。もちろん、財産分与もきっちりしてもらいます……」

離婚？　慰謝料？　財産分与……？

ギリそれはわかるとして（わからんけど）養育費はどこから出てきたんだ？

……とはいえ、澪が怒っているのは本気のようで。

俺が洗いざらい話す未来視も、本当の話だろう。

となると……これ以上、隠し通すのはさすがに無理だ。

打ち明けるしかなさそうだな……。

「……わかった、話すよ」

深く息を吐き、俺はそう言った。

「全部、事情を話すよ……」

「うん、よろしい」

腰に手を当て、澪《みお》は満足そうに言う。

「最初から、そうしておけばよかったんです！」

それは、確かにそうかもしれないな。

こんなことだったら、最初から相談すればよかったのかも。女鹿沢《めがさわ》さんから動画を見せられたタイミングで、事情を明かしていれば。

なんて——そんなことを考えていて。

澪に相談しようと、心を決めたことで、

「……ああ、そうだ」

俺は一つ、アイデアを思い付いた。

この状況を打破する、女鹿沢さんの疑いをごまかすアイデアを。

「そっか。一人じゃなければ。澪と一緒なら、簡単なんだな」

「？」

不思議そうに、首を傾《かし》げている澪。

そんな彼女に、俺はまず今現在自分が置かれている状況を。

そして次に、思い付いたアイデアを説明したのだった——。

＊

「いやー、マジでヤバいな、雨」

「ね！　すごい土砂降り……」

その日——昼休み。

俺と女鹿沢さんは、恒例になった『澪の情報交換』のために集まっていた。

場所は体育館裏、建物の裏口前。

ひさしの張り出た下で、雨をよけながら最近の澪について話をする予定だった。

この場所は、じめじめした雰囲気や設備が老朽化していることもあって、あまり生徒が寄りつかない。秘密の話をするにはもってこいで、これまでも何度か二人で訪れていた。

さらに言えば、今日は久しぶりの大雨だ。

おかげで周囲には人っ子一人見当たらなくて。

目に入るのは、ときどき備品なんかの納入に来ている業者の車くらいで、

「——完全に、あれは未来を視《み》てたね！」

「――もう、それ以外に説明がつかないよ！」

「――普通、こんなこと絶対できないって！」

いつも以上のテンションで、女鹿沢《めがさわ》さんは俺に『澪《みお》が未来視したっぽいシーン』について語っているのだった。

そして今日は、

「もうね、わたしは完全に確信しました」

うんうんうなずきながら、ついに女鹿沢さんはそう言い始める。

「澪ちゃんが、救世主で未来視能力者です。間違いない！」

「そうかなあ」

「だからもう、はっきりさせよう！　『澪ちゃんは救世主ですか⁉』って本人に聞こう！　そうすれば、澪ちゃんも苦しかった秘密を打ち明けられる！　わたしたちも事実がわかってスッキリする！　全員幸せになれるんだよこれで！」

胸を張り、爛々《らんらん》と目を輝かせている女鹿沢さん。

これはこれで、マジで善意なんだと思う。

そうすることで澪が幸せになれると、この子は本気で思っている。

けれど、もちろんそんなことさせられない。

だから俺は、澪と二人で今日のために対策を練ってきたんだ――。

時計を見てタイミングを見計らい、俺は視線を前に向けると、

「……ん、あれ？」

できるだけ自然な調子で、そんな声を上げた。

そして視線の向こう、雨にけぶる学校裏門の方を指差し、

「あそこにいるの……澪じゃね？」

「……あ。ほんとだね」

二人が向いた先、裏門そばの車回しには、澪がいた。

傘を差し周囲を見回しながら、誰かを探すような顔で歩いている彼女。

白い髪が、大つぶの雨の中でもよく目立っていた。

そんな澪に、いてても立ってもいられなかったのか、

「……よし！　もうここで聞いちゃおうか！」

女鹿沢さんが、そんなことを言い始める。

「これ以上先延ばしにせず、今本人と話しちゃおう！　それでいい!?」

「お、おう。いいと思うけど」

「ありがと。おーい！　澪ちゃん！」

大きな声を挙げ、女鹿沢さんは澪の方に手を振る。

「ねえねえ！　ちょっと聞きたいことがあるんだけど！」

「……あ！」

と、澪《みお》もこちらを見て目を丸くする。

「メガちゃんと桃澤《ももざわ》さん！　ここにいたんですね！」

彼女は傘を手に、足早にこちらに歩いてくる。

「もう、探したんですよ！　先生が、お二人の班に仕事をお願いしたいらしくて……」

困り笑いでそう言う澪。

雨の中、こちらにやってくる不安定な足取り。

そして、あと数メートル。それだけで、俺たちのいるひさしに着く、というところで、

「それに、メガちゃんの話っていうのは一体――」


――バシャッ！


水が跳ねた。

何やら納入に来たらしい業者の車が水たまりに突っ込み。

派手に水を巻き上げ――ちょうどそこに、澪がいた。

頭から水を被《かぶ》り、硬直する澪。

その白い髪からしたたる、砂混じりの水。

気付かずに去ってしまう、業者の車――。

「……お、おい！　大丈夫か！」

「うわー、びちょびちょ！」

言いながら、二人で駆け寄り澪をひさしの下に連れて行く。

そして、女鹿沢《めがさわ》さんが持っていたハンカチで顔や頭を拭ってやりながら、

「ちょ、災難だったね……」

「これ、教室戻ったらジャージに着替えるかー」

思った以上に、思いっきりびしょ濡《ぬ》れになっていた。

春とは言え、これは風邪が心配だ。なるべく早めに着替えさせてあげないと。

「……聞きたいことって」

と。それまで黙っていた澪が、ふいに死んだ目で尋ねてくる。

「メガちゃんの言ってた、話ってなんです……？」

「あー、えーと……」

唐突なその問いに、女鹿沢さんは目を泳がせた。

けれど、しどろもどろになりながらも意を決した様子で、

「澪ちゃんが……未来が視《み》えるんじゃないか。【IW禍《アイダブルか》】での救世主なんじゃないかって話を、桃澤くんとしてて……」

真面目な表情で――澪《みお》にこう尋ねた。

「実際のところ、どうでしょう?」

「……もしも、未来が視《み》えるんだったら……」

顔を伏せ、震える声で澪が言う。

「本当に、この先の出来事がわかるなら……」

そして――彼女は勢いよく顔を上げ。

半泣きになりながら、こう叫んだのだった。

「わたし――こんなびしょ濡《ぬ》れになんてなってません!」

*

その一件をきっかけに。

『未来視を使ってあえて不幸になる作戦』をきっかけに、女鹿沢《めがさわ》さんの澪への疑いは綺麗《きれい》さっぱり晴れたようだった。

「ごめんねえ……」

大雨の日の翌日、教室にて。

女鹿沢さんは、改めて澪のところに謝りにきていた。

「わたしがあのとき、澪ちゃんを呼ばなければ……しかも、あんな変な話までして」

「いえいえ、あれは不可抗力ですよ」

そう言って、澪は女鹿沢さんに笑い返す。

「それこそ、未来でも視えなきゃ回避できませんって。気にしないでください」

「そっか……ありがと！」

言うと、女鹿沢さんは改心した様子で拳を握り、

「でもこれで、澪ちゃんが救世主じゃないってわかったわけだし！　これからは、変な噂《うわさ》の撲滅に乗り出すよ！」

「え、女鹿沢さん、そんなことまでする気なんだ」

「もちろんだよ！」

驚き尋ねた俺に、女鹿沢さんは「当然！」みたいな顔でうなずいた。

「そんな風に誤解されてるのは、あんまり気持ちいいものじゃないだろうしね！　澪ちゃんのお友達として、久琉美《くるみ》の地元民として、根も葉もない風説はきちんと止めておかないと！」

おお……それはありがたい！

女鹿沢さんからの疑いは解けたけれど、噂は今でも広まっているわけで。

そうである以上、補佐官としては放置しておくわけにはいかない。

ただそれを、女鹿沢《めがさわ》さんが食い止めてくれるなら。そのバイタリティで噂《うわさ》を根絶してくれるなら、こちらとしても願ったり叶《かな》ったりだ。

ヘタに俺が動いても、逆に噂の補強になっちゃいそうだしな……。

「いいね、助かるよ」

あくまで平静を装って、俺は女鹿沢さんに礼を言う。

「彼氏としても、澪《みお》が疑われるのは辛《つら》いからさ。ありがとね、そんなことまで」

一緒に澪を探っているときは、「困った子だな」と思いもしたけれど。

その猪突猛進《ちょとつもうしん》ぶりには慌てたけれど、やっぱり良い友達だ。

これからも、仲良くできるとうれし――、

「――え、何言ってるの？」

けれど、女鹿沢さんは不思議そうに首を傾《かし》げる。

「桃澤《ももざわ》くんも、やるんだよ？」

「……え？」

「噂を止めるのは、わたしだけじゃなくて『澪ちゃんの正体探り同盟』で。つまり」

言うと、女鹿沢さんは当たり前みたいな顔で、

「桃澤くんもだよ？」

俺もォ⁉

いや確かに、女鹿沢さんからすれば俺も同罪かもしれんけど！

でも、実際は違うんだよ！　色々こっちにも事情ってもんが……。

「ということで、早速！」

そう言うと、女鹿沢さんは教室の外を指差し、

「隣のクラスの友達が、この噂を完全に信じてたのね。だからまずは、その誤解を解きに行こう！」

「えぇー」

反射的に、不満の声をもらしてしまった。とは言え……これも俺の仕事の範疇《はんちゅう》か。

だったらまあ、人任せにするわけにもいかないな。

「……おけ、了解」

うなずくと、女鹿沢さんと一緒に教室を出た。

そんな俺たちを、澪はドアの陰から「また不倫⁉」と鬼の顔でにらんでいたのだった。

そして——数週間後。

俺たちの努力も実って、『澪＝救世主』の噂は、すっかり聞かれなくなったのでした——。

■Intermission2.0《一年前、自衛隊臨時司令室於倉敷《くらしき》にて》

『――以上の編成で』

ディスプレイの向こう、ベラルーシの臨時司令室にて。

国連軍総指揮であるチャールズ・ケンドール長官が話をまとめる。

『我々は攻勢を開始。二週間をかけて南アジアの【外敵】を一掃します』

「承知しました」

イヤフォンから聞こえる通訳音声に、わたしは小さく息を吐いた。

初めての戦闘への参加から――一年。

あれ以来、人類は大きく勢いを取り戻した。

神戸《こうべ》、シカゴ、重慶《じゅうけい》、カイロ、エディンバラ、リスボン。

次々領土が取り返され、今や【外敵】は明らかに劣勢。

国連軍はこのタイミングで一層の攻勢をしかけるべく、軍を再編成。その構成を、【α《アルファ》分隊《ぶんたい》】リーダーであるわたしに報告してくれているのだった。

周囲に控える自衛官たち。目の前に置かれたいくつかのディスプレイ。

会議に立ち会っている全員が、視線をわたしに向けている。

『ミオ、どうでしょう？』

チャールズ長官が、あくまで紳士的に尋ねてくる。

『この編成に、指摘などはありますか？』

「ちょっと待ってくださいね」

静かにそう答えて、わたしは目を閉じ未来視を始めた。

意識を集中し、思考を極限まで研ぎ澄ます。

そして――視《み》えた。

未来の映像。戦いの、断片的な情報――。

それを長官のくれた情報と照らし合わせ、短く考えてから、

「……いくつか、提案があります」

――ゆっくり目を開け、マイクに向かって言う。

「【γ分隊《ガンマぶんたい》】は、プネーではなくアフマドナガル経由でムンバイに向かいましょう。インド陸軍と合流すれば、より少ない損傷で敵を排除できそうです。イギリス海軍の原潜は――」

端的にやりとりされる、今後の国連軍の動き。

かつて、あくまで未来の情報を提供するだけだったわたしは、いつの間にか戦力の展開の助言をするまでに至っていた。

もちろん、最終的な決定を下すのは当人たちだ。

けれど、視《み》えた未来を踏まえて高度に判断するとき、どうしても踏み込まなければいけない領域があった。

情報を伝え終わると、今回の会議が終了する。

中継が切れ、部屋に静けさが戻ってくる。

表示の消えたディスプレイ。真っ黒なそこに、わたしの顔が映っていた。

十四歳。年相応に幼い女の子。

目の丸さや肌の白さは子供っぽいし、髪だって垢抜《あかぬ》けない。

ついさっきまでこの子が国連軍とやりとりしていたとは、自分でも思えなかった。

だから——思い立った。

「……そうだ、わたし」

ただの、かよわい女子中学生でしかない自分。

弱々しいその外見で、【外敵】に立ち向かう心許《こころもと》なさ。

それを——変えよう。わたしは、『救世主』にふさわしい女の子になろう——。

「よし……」

髪を摘《つ》まみ、わたしは決心する。そして、物資不足を承知のうえで。

スタッフに『あるもの』が欲しいとお願いすることにした——。

第四話

MitaraiMio niha Mirai ga Mieru

疲れちゃいますよ、ほんと

――定期テスト。

【IW禍《アイダブルか》】をきっかけに実施されなくなっていたそれが、この春帰ってきた。

戦いが終わったことで国内では省庁が再編成され。新たに組織し直された文科省によって、定期的な試験の実施が全国的に推奨されることに。

それを受け、俺たちの通う久琉美《くるみ》中央高校でも試験再開がアナウンスされた。

まずは、五月中旬に中間テストが実施される。

それに向けて、少し前から生徒たちも準備期間に突入していて、学校中にピリピリした空気が流れ始めていた――。

けれど、

「……ん、んふふふ」

「……」

「……くっ、ふふふふ」

「……」

「……あはは！　あはははは！」

「なあ澪《みお》……」

ノートから顔を上げ、俺はソファに寝そべる澪に。

タブレットでＶＴｕｂｅｒ《ブイチューバー》の動画を見ている澪に、冷たい視線を送った。

「ん？　何です？」

顔をこっちに向けることもないまま、澪は尋ねる。

「今、いいところなんですけど」

「あのな……この際、俺の部屋に入り浸ってるのはもういいよ。だらしない格好してるのもいい。そこは何にも言わねえ……」

これまでの経緯もあって、俺たちは夕飯をご一緒するのが日課になっている。

俺が二人分の食事を作り、いい頃合いでやってきた澪と一緒に食べる毎日。

そして最近はそのあとも、寝るまでの自由な時間も、澪はこの部屋で過ごしていくことが多くなった。ゲームをしたり、漫画を読んだり、動画を見たり。

お風呂のときこそ自室に戻るものの、格好だってどんどん適当になっている。

今だって、彼女はよれよれの部屋着を着て、髪をゴムで適当にくくってソファでだらんとしていた。

……いや、こういう生活自体をやめろと言いたいわけじゃない。

彼女が望むなら、いくらでも部屋に遊びに来てくれていい。

ただ、

「試験勉強、大丈夫なのかよ？」

はっきりと、俺は彼女に尋ねる。

「澪《みお》、科目によっては結構ヤバいだろ？　赤点取ったら、補習とか追試とか面倒くさいぞ……？」

俺も現在、絶賛取り組み中の中間テスト対策。

そういう勉強を、澪がしている気配が全く見られなかった。

基本的に、澪が賢いタイプなのは間違いない。

頭の出来は俺の遥《はる》か上。というか、進学校にいてもトップクラスだったんじゃないか、というクレバーさ。

ただ……地頭の良さと勉強の出来は、やっぱり別で。

興味のある科目とない科目で、澪の成績は如実に二分されていた。

理系科目は得意で、学年トップの好成績。

対して文系は全般に興味がないようで、授業中も未来視を使ってズルしまくり。

それでなんとか「優等生」のガワをキープしている状態のようだった。

なのに、試験前にこの態度である。

対策に励む俺の横で、Ｖの推し活に励んでいる。

こんな世界でＶＴｕｂｅｒ《ブイチューバー》活動をするやつもすごいなと思うが、推す方も推す方だ。

澪はその美少女ＶＴｕｂｅｒにどっぷりハマり、さらには先日、スパチャしたいんだけどと椋井《むくい》さんに相談し言い合いにまでなっていた。

「――澪、あなたの収入はね、国民の税金からまかなわれてるんだよ⁉」

「――その国民を守ったのはわたしです！」

「――しかも未成年で、十五歳でスパチャ⁉」

「――推し活に年齢なんて関係ありませんよ！」

「――規約で制限されてんの！　救世主だろうと、十八歳まで投げ銭は禁止！」

こんなんで大丈夫なのか。

本当に、試験をちゃんとパスできるんだろうか。

俺やだよ、留年する澪に合わせて何年も高校で補佐の仕事し続けるの……。

「ああ、それは大丈夫ですよ」

ようやくこっちを見て、けれど澪は笑う。

「ちゃんと、対策はばっちりです」

「へ、そうなの……？」

対策はばっちり……。

もしかして、俺の知らないところでしっかり勉強してたとか？

そう思って、内心小さく感心しかけていたところ、

「未来視を使えば、どうとでもなりますから！」

胸を張り、なぜか堂々と澪は言った。

「テスト直前に問題を未来視、これで余裕で満点取れますから！」

「ダメだろそんなん！」

大きめの声が出た。

俺としたことが、反射的に大きめの声を出してしまった。

「百歩譲って、授業中にちょっとズルするのはいいよ。それくらいは許す！　でも成績にもかかわるところで、ガチの不正をするのはダメだって！」

小さなお得……くらいだったらまあ看過してもいいかなと思う。

未来視だって、澪《みお》の個性なんだ。

そこからちょびっとメリットを享受するのも、言うほど悪いことじゃないだろう。

けれど、試験のカンニングは明らかに度を超えている。

さすがにそれは、補佐役としては許してあげられません！

それに、

「えー、そうですかあ……」

残念そうにぼやいている澪。

正直なところ、ちょっと意外だった。

澪はときどき、ひょうひょうとした態度の向こうに真面目な本性を覗《のぞ》かせる。

のらりくらりとして自由な雰囲気の向こうに、誠実な性格が見え隠れしたりする。

だから、テストで未来視なんて。

そういうマジの悪さをするとは思ってなかったんだけどな……。

「じゃあ」

と、澪は不満げな顔のままでこちらを見ると、

「未来視はやめるので、かわりにお願いがあるんですけど」

「おう、何だよ？」

「これから毎日、一緒にテスト勉強しましょう？」

そう言って——その顔に、にまっと笑みを浮かべてみせる。

「で、わたしにわからないところがあれば、桃澤《ももざわ》さんが教えてくれませんか？」

「え、俺が？　や、俺も自分の勉強があるんだけど……」

「えー。じゃあ仕方ないですね。未来視を使って、満点を取るしかなさそうです」

「いやいや、だからそれはダメだって」

「なら、お願いです……」

言うと、澪はあざとく小首を傾《かし》げてみせ、

「勉強、教えて……？」

「……なるほどなあ」

その台詞《せりふ》に。わざとらしい表情の澪に……俺はようやく理解した。

さてはこいつ……最初からこれが目当てだったな？

テスト勉強を一緒にやりつつ、俺を専属の家庭教師にする。

それが目当てで、「未来視を使う」なんて言ってたな……？

つーか多分、ここまで視《み》えてたんだろうな。

こう言えば俺が折れてくれるってわかってて、こんな話をしたんだろう。

そして実際、俺もそこまで言われると心が揺らいでしまって。

澪《みお》の未来視どおり、手を差し伸べたい気持ちになってしまっていて、

「……たく、しょうがねえなあ」

ため息をつき、俺は観念する。

「わかったよ、何でも教えるよ……」

「やった！」

タブレットをソファに置き、こっちに駆け寄ってくる澪。

彼女は俺の勉強机、その隣に立つと、

「じゃあ……明日から、よろしくお願いしますね！　わたしが赤点回避できるように！」

「おう……」

「そうそう、場所はミスドとかどうです？　わたし、憧れだったんです。恋人と放課後、そういうとこで勉強するの！」

「まあ、いいけどさ……」

「そんなに嫌がらないでくださいよー」

そう言って、澪は肩をぽんぽんと叩《たた》いてみせる。

そして、机に向かう俺の顔を覗《のぞ》き込《こ》み、

「わたし、普通の生徒と違ってもう一つ『テスト』があるんですから。そっちも、頑張らないといけないですし」

「……それもそうだな」

確かに、澪の言うとおりだった。

澪はこのしばらくあと、中間テストとは別のテストを控えている。

そのためにも、日々の生活でも日常的に訓練を積んできていた。

澪の今後を考えれば、むしろ中間テストよりもそちらの方がずっと重要だとさえ言えるかもしれない。

だから……それくらいは甘えてもいいのかも。

学校の試験勉強に、楽しみがあってもいいのかも。

そんな風にも、思うのだった。

「頑張りましょうね、桃澤《ももざわ》さん！」

自信の顔でそう言い、ぐっと拳を握ってみせる澪。

「どっちのテストも、上手《うま》くいくように！」

「おう、そうだな」

ということで、俺と澪《みお》は本格的に試験準備を開始。

この町に越してきてから、初めてのちょっとした山場を迎えたのだった。

＊

『──よし、澪と桃澤《ももざわ》。位置に着いた？』

「ええ、問題なく」

「わたしも大丈夫です」

そして──翌週。

二週間に一度行われている、朝の全校集会にて。

俺と澪は、こっそりつけているインカムに向けてそう返した。

『──ＯＫ、じゃあ合図をしたら試験開始ね』

「了解です」

「よろしくお願いします」

もう一度聞こえた声、今日の監督官である椋井《むくい》さんがそう言い。

俺たちはうなずきあうと、いつでも試験を始められる態勢になったのだった。

——現在。

俺と澪は、生徒会役員の臨時スタッフとして、体育館二階の観客席に集まっている。

眼下には、フロアに所狭しと並んでいる千人ほどの生徒たち。

五月に入り気温も徐々に上がり始め、館内にはむっとした熱気が満ちていた。

誰もいない壇上には、登壇者がお話で使うマイクが既に用意されている。

『——じゃあ、始めるよ』

インカムの向こうで、椋井さんが落ちついた声で言う。

『用意——スタート！』

その合図で、澪がパッと目を見開く。

彼女の頭上に、光が連続して瞬く。

そして——、

「——生活指導主任登壇。話をスタート。まずは衣替えの話から。衣料も手に入りにくいから、それぞれできる範囲で用意をと」

「——その話の途中に、数学の松川《まつかわ》先生が他の先生と相談。体育館の扉を全部開け放つ」

「——校長の話。【ＩＷ禍《アイダブルか》】以前の学校の様子から話し始めて、今の生徒たちが力強く生きてることを褒める」

彼女は矢継ぎ早に——そんな風に口走る。

——澪《みお》が受ける、特別なテスト。

『未来視能力』の測定と調査が、中間テストに先がけて始まった。

日程は、定期試験にも似て今日から三日間。

チェック項目は多岐に亘《わた》る。

高負荷をかけながらひたすら未来視するテスト。

どこまで先の未来が視《み》られるかのテスト。

どこまで細かく未来が視られるかのテスト。

そんな風に様々な角度から澪の未来視能力を計測し、その変化をチェックする。

ちなみにこれは【IW禍《アイダブルか》】中の【α分隊《アルファぶんたい》】で考案されて実施されていたものらしい。

それが今回、舞台を久琉美《くるみ》中央高校に移して引き続き行われている形だ。

世界が不安定な今も、澪はその能力を維持し続ける必要がある。

力が弱まった瞬間、何が起きるのか予想もつかなくなる。

それを避けるため、定期テストと同じ頻度で年六回行われる予定だ。

そして今現在、澪が挑戦しているのは『高負荷下の未来視測定』だった。

澪の未来視は、慣れ親しんだ場所で、慣れ親しんだ相手と、少人数を相手にする方が先を読みやすくなる。逆に慣れない場所、慣れない対象、大人数相手だと、どうしても高負荷になるらしい。

だから――全校集会。

この学校の生徒全員が集まる場が、澪にとって一番未来視のしづらい状況だ。

そこで澪は全力で未来視して見えたもの、読めた未来を口にし、監督官である椋井《むくい》さんが実際の現実と突き合わせて答え合わせする。

まずはそんなテストが、俺の目の前で繰り広げられていた。

「――あれ、二年三組の先輩……前から七人目……ちょっと体調悪そうかも……」

「――校長の話、まだ続いてる……通勤中に見かけた鷺《さぎ》の話と、自由の、話……」

「――ああ、待ちきれなくなったのかな……吹奏楽部の人が、舞台袖に……」

気付けば――消耗し始めていた。

テストが始まり数分。

澪は頬《ほお》に汗をしたたらせ呼吸を荒くし、苦悶《くもん》の表情で未来視を続けていた。

頭上に点《とも》る灯《あか》りの、頼りない明滅。汗で額に張り付く前髪。

見ているこっちが、苦しくなる表情だった。

これが試験じゃなければ、止めに入りたくなるほどの必死さだ。

そして――、

「――クラリネットが、変な音出した……ああでも、演奏終了。指揮の先生が苦笑いして
て、上手《うま》くいかなかったのかな。壇上から、部員がはけて――」

『――そこまで』

椋井《むくい》さんが、インカムの向こうで言う。

『お疲れ、澪《みお》。規定の十分が終わったよ』

「う、うん……ありがとうございます……」

『こちらこそありがとう。問題なくデータ収集できました』

「そっか、よかった……」

『ひとまず、午前の試験は終了ね。午後には次のがあるから、それまでしっかり身体《からだ》を休
めて』

「うん、わかりました……」

インカムでの会話が終わって、澪が深く息を吐く。

「と、とりあえず座りな」

酷《ひど》い消耗と、この十分でやつれたようにさえ見える身体《からだ》。

そんな彼女に驚きながら、慌ててそばのパイプ椅子を勧める。

「あ、ああ。ありがとうございます……」

無理に笑ってみせると、澪はガクリとそれに腰掛け、

「試験、どうだったかな……成績、落ちてないかな……」

「いやいや、よく頑張ってたよ」

お世辞でも何でもない。

心の底から感心しながら、俺は彼女に言う。

「辛《つら》そうなのに最後まで諦めないで、正直驚いた」

「あはは、本当ですか……？」

「本当だよ。すごいんだな澪。本気で感心した」

「えへへー、褒められた……」

「ほらこれ、飲みな。あと汗も拭いて」

「ありがとうございます……」

もう一度笑い、澪は俺からスポーツドリンクとタオルを受け取る。

そして、ストローでちゅーっとそれを吸い、

「はあ、生き返る……」

なんてつぶやいていた。

そんな彼女の横顔を眺めながら。まだ汗の粒の光る頬《ほお》を眺めながら——こんな試験がこのあとも続くのかと、途方もない気分になる。

もしかしたら、一発目のこれが特に消耗の激しいものなのかもしれない。

『高負荷テスト』なんて名付けられている試験だ。

実際、他のテストはもう少し澪《みお》の消耗が少ないものなのかもしれない。

それでも、

「これは……大変だな」

俺自身に待ち受けている、中間テスト。

そのぬるさとのギャップに、思わずそうこぼしてしまった。

既に学校で習ったことの習熟度合いを確認するだけ。自分の成績に影響するだけの俺たちの試験と違って、澪はまだ科学的に解明されていない能力を、この星や国の未来を背負って計測している。

考えてみれば、そんなの過酷に決まっているんだ。

一高校生に、背負わせていい負担じゃあきっとないはず。

それに、

「おいしー……」

軽い声で、そんな風につぶやいている澪。

【IW禍《アイダブルか》】の最中は、どうだったんだろう。

今回のような試験の場じゃない。実際の戦場でその能力を使い、人類を導いた彼女の負担は、いかほどのものだったんだろう。

きっと――沢山の人の命を左右したんだろう。

澪の未来視によって助かった人もいれば、助けることができなかった人もいたはず。

この子の肩に。この細い女の子の肩に、一時的にでも人類の未来が懸かっていたんだ。

それは一体……どんな気分だったんだろう。

もう一度、ちらりと澪の方を見る。

一通り汗を拭い終え、俺に見られているのに気付いた澪。

「？」

と不思議そうに首を傾《かし》げる、幼い表情。

そんな彼女の姿に――これまでとは違う感情が、俺の胸に芽生えた。

澪に対する感謝、尊敬。

そして、幸福であってほしいという強い願望。

その気持ちに、なんて名前がつくのかはわからない。

無理にカテゴライズしたいとも思えない。

けれど――救世主と側近という間柄を越えて。仕事だけの距離感を越えて。

俺は彼女個人に、プライベートな感情を抱きつつある――。

「……もー、見過ぎですよ桃澤《ももざわ》さん」

ふいに、澪《みお》がそんな声を上げた。

「そんなに見られると、さすがに恥ずかしい……」

「あっ……ご、ごめん」

珍しく、本気で照れているような声色。

桃色に染まったその頬《ほお》と、それ以上にあからさまに真っ赤になっている耳。

しまった、気付けばずっと見つめてしまっていた……。

「いやなんか、澪はすごいなって。改めて、尊敬しちゃったというか……」

慌ててそんな風に取り繕う。

「やっぱり、幸せになってほしいなって思い直したというか……」

「ええ……!?　幸せ……!?」

その言葉に、妙に反応する澪。

「桃澤さんが、わたしを幸せに……」

「ああいや、あのー。そこまで深い意味はなくて！」

「ちょっと、大胆すぎですよそれは……」

「いやあの、ただそう思ったっていう、それだけで……」

なんだかもじもじ、そんな風にやりとりしていて。
てっきり、試験直後なのも忘れていたから、
『――ふーん』
ふいに、インカムから椋井《むくい》さんの声が聞こえてビクッとしてしまう。
『澪と桃澤、二人のときはそういう感じなんだな』
……やべ、聞かれてた。
結構恥ずかしい会話してるの、上司に思いっきり聞かれてた。
「ああいや、そうじゃなくてですね」
できるだけ平静を装いつつ。
俺は今度はインカムの向こうに向けて、そんな風に申し開きを始めたのだった。
「今のはその、色々事情がありまして――」

*

――澪の『未来視』能力の試験は、予定どおり三日間かけて行われた。
午前中と午後に一科目ずつ。
計六回の検査で、彼女の現在の力が調査された。

明白に成績を教えてもらったわけではないけれど、結果は上々だったらしい。

『——おお、いいね。衰えてない』

『——細かいことは、前より見えるようになったくらいか』

『——トータルで見れば、むしろ強化されて……』

インカムの向こうから聞こえる、椋井《むくい》さんの台詞《せりふ》。

そこから察するに、澪《みお》の能力は『今の学校生活』に少しずつ適応しながら、今もわずかに強化されている状況らしい。

ただ、

「はぁッ！　……は、はぁッ……」

「おい澪！　一旦中断しよう！」

「大丈夫です……これが、大事な役割だから……」

「ダメだ！　無理はするなって！」

最後に行われた、『深未来視』のテスト。

人類や澪の遠い未来を視《み》る試験中——トラブルが起きた。

限界まで消耗した澪。傍目《はため》にも、試験続行が不可能なのは間違いない。

なのに、止めに入った椋井さんをよそに、澪は強情に未来視を続けていた。

「大丈夫……」

真っ青な顔で、脂汗をかきながら澪はつぶやく。

「できます、絶対に視れます……」

今回試験を行っているのは、学校ではなく【α分隊《アルファぶんたい》】の間借りする自衛隊施設だった。

試す未来視の性質上、澪の頭に光の冠が現れる可能性がある。

となると、周囲に見られることのない場所でのテストが必要とのことで、施設の会議室を借りて行われることになったのだ。

ただ……現状、冠は出現せず。

そもそも『深未来視』はイレギュラーな状況でしか発生しないもので。そうなることを、椋井さんたちも織り込み済みらしかった。

それでも、ここまで澪が強情なのは、ちょっと予想外だったらしい。

全員が不安そうに、計測機器の繋《つな》がった澪を見守っている。

そして、

「あと、あと少し……あと少し……で……」

つぶやいて、澪がぎゅっと目をつぶった——そのときだった。

——ふっと、澪の頭上の光が消えた。

糸が切れたように、彼女の身体《からだ》が傾《かし》ぐ。

そして、スローモーションのように緩やかな軌跡で——彼女は卒倒した。

派手な音を立て、床に転がる細い身体《からだ》。

「――澪《みお》！」

叫びながら、弾《はじ》かれるように駆け寄った。

肩に手をやり、その上体を起こす。

「大丈夫か!? 澪！」

「すみま……せ……もざ……」

よかった……意識はある。呼吸も脈も安定しているようだ。

けれど――油断はできない。

「――医務室は!? 入れる!?」

「――大丈夫です、準備できてます！」

「――じゃあすぐに澪を……」

「――すいません、担架がまだで」

「――俺が連れてきます！」

言って、俺は澪の身体を抱きかかえる。

汗にぐっしょり濡《ぬ》れ、床に横たわる澪。

「ごめん」

と一言彼女に断ってから、その身体を両腕で抱き上げた。

そこでわずかに目を開き、

「……あ、えへへ。お姫様抱っこ……」

抱かれた体勢のまま、澪はその顔に笑みを浮かべる。

「そんなこと言ってる場合じゃないだろ」

怖がらせないよう、俺も笑いながら彼女にそう返した。

「すいません、重いですよね……」

「まあな、でもなんか安心した」

「なんで……？」

「澪も俺と同じ、人間なんだなと思って」

俺の腕の中にある澪の身体は、漫画に出てくる美少女みたいに羽のように軽いわけでもなく。普通の十代の人間らしく、それなりにしっかりした重さがあった。

おかげで、改めて理解する。

救世主である澪も、やっぱり普通の女子であることを。

俺や女鹿沢《めがさわ》さんや星丸《ほしまる》、那須田《なすだ》。

他のクラスメイトとも変わらない、一人の人間であることを。

「……変な桃澤《ももざわ》さん」

俺の言う意味がわからなかったらしい、澪は不思議そうな顔をしている。

けれど、そこで体力が切れたらしい。

医務室へ向かう廊下の途中で、彼女は静かに眠りについたのだった――。

*

「――お疲れ」

「――お疲れ様です」

そして――試験終了から数日後。

いつもの学校の屋上にて、俺は椋井《むくい》さんとの定例ミーティングに臨んでいた。

相変わらず目を引くピンクアッシュの髪。

着崩した制服も様になっていて、こうしてみるとお洒落《しやれ》な女子高生にしか見えない。

まあ、実際の年齢は二十二歳で、生徒としてこの学校に所属している割に、授業を受けている様子はないいんだけど……。

「――いや無理だって、今更高校の授業とか」

以前そのことについて尋ねると、ふてくされたような顔でそんな風に言っていた。

「この年齢になると、お行儀よく椅子に座ってなんてできないんだよ」

それは年齢関係なく、椋井さんの性格の問題では。

そんな風に思ったけど、口には出さないでおいたのだった。

「ひとまず、澪《みお》の能力試験はお疲れ様」

ミーティングの冒頭。

まず椋井さんは、そんな風に話を切り出した。

「桃澤《ももざわ》が試験に参加するのは、初めてだよね。戸惑ったと思うけど、おかげで無事終わることができたよ。結果も良好だった」

「そうですか」

言って、俺は一息ついた。

澪があんなにも頑張っていたんだ。

これで結果がいまいちだったりしたら、あんまりにも報われない。

「なら、よかったです」

「……やっぱり、驚いた？」

俺の表情に、内心まで悟ったのか。

椋井さんはそう言って、小さく首を傾《かし》げる。

「あの子、桃澤の前ではああいう一面を見せてなかっただろうし、【IW禍《アイダブルか》】が終わってからは機会もなかったからね。だから、びっくりしたんじゃない？」

「まあ、そうですね」

ちょっと考えて、俺は素直にうなずいた。

「救世主って言ったって、戦争は終わったわけで。だから正直、本当に普通の高校生の暮らしをできるんだと思ってました」

もちろん、気を付けなければいけないことがあるとは思っていた。

言ってみれば、澪《みお》は世界一の有名人みたいなものだ。

そんな相手と過ごすなら、普通はしなくていい気遣いが必要になるはず。

とはいえ、注意点はそれくらいのもので。

あとは澪が学校生活をするのに付き添って、トラブルを回避するくらいなんだろうと。

「なのに、まさかあんなに厳しい試験があるなんて」

その光景を思い出し、俺はちょっと唇を噛《か》む。

「あんなに自分を追い込むことが、今後も必要になるなんて」

「……まあなあ」

愚痴みたいな俺の台詞《せりふ》に、椋井《むくい》さんは苦笑いした。

「そこはうん、わたしも多分桃澤《ももざわ》と同じ気分だよ。あんなこと、しなくて済むんならそうしてやりたい。澪には、ゆっくりさせてあげられればいいのにって思う」

「そうですか。てっきり、もうちょっと割り切っているのかと。【α分隊《アルファぶんたい》】の上層スタッフとして、必要なことだと呑《の》み込んでいるのかと思ってました」

「んー。だってあの子、まだ子供だからね」

そう言って、椋井さんは目を細める。

「十代半ばの女子で、わたしにだって、そういう時期があったんだから」

「なるほど……」

最近……少し思うようになってきた。

実は、澪と椋井さんはちょっとだけ似ている部分があるのかもしれない。

異常なほどに、責任感があるという点で。

やるべきことのためなら、自分の気持ちも切り捨てられる、という点で。

「前にも言ったとおり、澪には世界中からの視線が向けられている」

椋井さんの声が、そこでちょっと事務的になる。

「【外敵】との戦いで強力な武器になった未来視は、今後の国際政治の場でも最強のカードだ。大国が没落気味の今、彼女を意識しない国はないし、その能力を手に入れたい、あるいは消してしまいたい組織だって山ほどある」

「でしょうね」

毎日ニュースには目を通しているから、椋井さんの言うことはわかる。

確かに戦いは終わった。世界は平和になった。

けれど、それが永久に続くという保証はない。

だからこそ、澪《みお》の存在感は、重要さは決して薄れない。

「ドライに現実を見れば」

鞄《かばん》に手を入れ、椋井《むくい》さんは何かを取り出す。

見ればそれは煙草《たばこ》の箱で、

「澪はその能力を維持し続けるしかない。力が弱まった瞬間、何が起きるのか予想もつかなくなる」

「はあ……」

「校内は禁煙ですよ」

息をつき、椋井さんは火をつけようとしていた煙草をもう一度箱にしまった。

そして、

「そんな一生が、運命づけられたんだよなあ……」

遠くどこかを眺めながら、そんな風にこぼした。

「澪はもう、一生そこから逃げられないんだと思う」

救世主は、永久に救世主であり続ける。

その座から下りることは、彼女自身の命や世界に危機をもたらすことに繋《つな》がる。

本当に——なんて重たいものを背負っているんだろう。

内面はただの女の子なのに、普通の女子高生なのに、なんて負担を強いられてるんだ。

もっとどうにかならなかったのか、とは思う。

一人の女の子に、そんなことを強いない未来がありえたんじゃないか。

けれど現実……ほんの数ヶ月前まで、人類は絶滅の危機に瀕《ひん》していたわけで。

他に手段も、余裕もなかったのもうなずけるのだった。

「でも、だからこそ桃澤《ももざわ》には感謝してるんだよ？」

そこで、椋井さんは声色を表情を明るくし、

「ほら、澪とすごく仲が良いだろ？」

「ああ、それはそうですね」

「どうなの？　もう付き合ってるの？」

「付き合ってないですよ」

思わず笑ってしまった。

何だこれ、ミーティングのはずが恋バナになったんだけど。

「普通にただの側近ですよ。ていうか、椋井さんもそれは知ってるでしょ」

「知ってるけどさー。でもそのうち、そうなるでしょ」

「どうなんでしょうね」

「澪が視《み》た結婚の未来は別にしてもさ」

前置きして、椋井さんはこちらを覗《のぞ》き込《こ》み。

「あの子は本気で、桃澤《ももざわ》のことを夫として扱い続けてるし。あれ、桃澤的にはどうなの？うれしいとか、実は面倒とかある？」

「あー。正直、嫌な気持ちはしていないです」

そのことは、認めようと思う。

俺はあの子に『夫風』に扱われて、嫌な気持ちはしていない。

それは冷静に考えれば、かなりのプラスの感情をあの子に対して抱いている証拠だろう。

それが異性としてのプラスなのか、友人としてのプラスなのかは、まだはっきりしないのだけど。

「ただ、澪《みお》の側もあれ、無邪気にやってるだけじゃないと思います」

「というと？」

「あれで、気持ちを支えてるところもあると思うんです」

澪がしている――恋愛ごっこ。

俺と自分が夫婦であるように振る舞う、その遊び。

彼女がただ楽しくてそうしているわけではないことに、俺は最近気付き始めた。

きっと、なんとか気持ちを支えているんだろう。

沢山のものを背負っている澪。

それこそ世界全体が、その肩にかかっていると言っても過言ではない彼女。

そんな澪が少しでも気持ちを休めるため、別のことを考えるために、そんなごっこ遊びをしている。そういう面も、確実にあるんだろうと感じ始めていた。

「ならまあ、それには付き合いたいなと」

覗《のぞ》き込《こ》む椋井《むくい》さんを見返し、俺は言った。

「側近としてもそうだし、彼女に救ってもらった人間としても。彼女が気持ちを楽にする手伝いはしたいなって思うんです」

「ふうん」

気のない風に言って、椋井さんはフェンスに背中を預け、

「でも、澪側に好意がないと、ここまで続かないのもわかるでしょ？」

「それは、まあ」

「というか、相当強い執着心がないと無理だよ、日常的に夫扱いなんて」

「ですね」

それもまた、そのとおりなんだろう。

恋愛感情では、まだないんだと思う。彼女は俺に恋をしていない。

けれどきっと、それに繋《つな》がるような感情がある。

いつか、そうなる。

彼女の未来視が本当であれば、それが決定づけられている。

「まあとはいえ」

と、そこで俺は椋井《むくい》さんに笑ってみせ、

「あんまり気負いすぎないようにしようと思ってます。意外と澪《みお》が気負うタイプなのがわかってきたんで。俺よりずっと生真面目だと思うんで、その分こっちが緩めないと」

「それはそうだろうね」

そこでようやく、椋井さんも笑ってくれた。

「ああ見えてクソ真面目だよ、澪は」

「あはは、わかります。俺の逆ですよね」

「それな。真面目風に見えて実は適当だよな、桃澤《ももざわ》」

「やっぱわかります？」

「うん」

「どの辺から？」

「んー、まずこの短期間で澪とここまで打ち解けたこと。普通もっと恐縮しちゃうって。そのうえわたしへの報告もいつも大雑把《おおざつぱ》だし、まあなんとかなるって思ってそうだし。クールな顔して、よくやるよなって」

「クールにしてるのは顔だけなんですよ」

「知ってる。ほんとは色々思ってるよな」

言って、椋井さんはいたずらに笑い、

「まあ、わたしもこんなだから、その方がやりやすいんだけど」

ピンクの髪を、小さく一束摘《つ》まんでみせた。

「あはは、確かに」

「ちょっと同類かもな、わたしら」

「ですね。だから俺らで、良い感じに支えていきましょう。澪のこと」

「だな。ほどよく適度になー」

うなずき、二人で笑いあう。

この人とは、短くない付き合いだ。

【ＩＷ禍《アイダブルか》】の頃から知り合いで、今の知人の中で一番の長い仲かも。

けれど……今、初めて心の底から打ち解けられた気がして。

友達にも近い関係にもなれた気がして……。

何だ、俺たち案外相性良いじゃないかと、今更そんなことを思ったりした。

*

そして——二週間後。中間テストの終了後。

「――ただいまー……」

いつものように、夕飯を食べに澪《みお》がやってきた。

なんだか声に疲れを滲《にじ》ませ、彼女はとぼとぼリビングにやってくる。

表情にも張りがなく、はっきりと消耗している澪。

けれど彼女は、いつものように食卓に目をやり、

「さて、今日のご飯は……ん⁉」

驚きに目を丸くした。

「な、なんか今日、豪華じゃないですか……⁉　栗《くり》ご飯、しょうが焼き、お魚の煮付けに、だし巻き卵……わ、唐揚げも！　フライドポテトもしらすサラダもある！」

……よかった。今日はメニューを未来視していなかったらしい。

狙っていたとおりに、サプライズができたみたいだ。

澪の言うとおり。今晩、我が家の食卓には、澪の好物が所狭しと並んでいた。

いつもだったら、主食と肉や魚のメイン、サラダなんかの野菜。

それに追加して味噌汁《みそしる》などのスープ系という、四品くらいのことが多いだろうか。

けれど今、あまり広くはないそのテーブルには並べられる限りのお皿が並んでいて、

「まあ、澪の好みも大分わかってきたからな」

なんだか照れてしまいながら、俺は澪に説明する。

「そんなに手間はかけれてないんだけど、それなりに作ってみた……」

「いやいや、ほんとすごいですよ！」

言って、澪は目を輝かせる。

「こんな豪華な料理、久しぶり……」

「ちなみに、デザートも用意してあって、ほら」

キッチンに向かうと冷蔵庫を開け、俺は中にあった箱を澪に掲げる。

「ケーキ。女鹿沢《めがさわ》さんたちにお薦めの店聞いて、買ってきたんだ」

女鹿沢さん、星丸《ほしまる》、那須田《なすだ》に相談すると、彼らはえぐい勢いで情報提供してくれた。

複数の洋菓子屋さんを良い点、悪い点包み隠さず紹介。

『彼女と一緒に食べるなら』というシチュを前提に、ある個人経営のお店をお薦めしてくれたのだった。

まあ、その過程で彼らの中で意見が割れ、一日本気めのケンカになったりしたのだけど、それも今となっては良い思い出である。

「わ、わあ。け、ケーキまで……」

もはやうれしさにそわそわし、澪は眉を寄せている。

「けど、どうしてですか？　なんで、急にこんな……」

「澪、このところずっと頑張ってたろ」

彼女の椅子を引いてやりながら、俺は言う。

「中間テストもそうだし、能力試験もそうだし」

「そう、ですね……」

俺は傍《はた》から見ていただけだけど、本当によく頑張ったと思う。

衝撃的だった能力試験。中間テストだってそうだ。

結局あれから、澪《みお》はそこそこ頑張って試験対策をした。

テスト直後にした答え合わせでは上々の結果だったし、赤点になってしまうこともないだろう。彼女の頑張り屋な一面が、ちゃんと結果に繋《つな》がったなと思う。

「だから今日は——お疲れ様会だ」

彼女の向かいに座り、俺はそう言って澪に笑いかけた。

「好きなもの、好きなだけ食べて自分にご褒美あげよう」

澪はその顔を、泣きそうにくしゃっと歪《ゆが》める。

そして、いつもとは違う震える声で、

「最高の夫すぎるでしょ……」

「結婚してないけどな」

普段どおりに、そう返す俺。

けれど今日ばっかりは、苦笑いじゃなく純粋に楽しい気分での笑いだった。

「──わ、本当においしい」

そんな風にして始まったお疲れ様会、後半のデザートタイム。

澪は例の女鹿沢《めがさわ》さんたちお薦めケーキを食べ、小さく目を見開いている。

彼女が選んだのは、ココア味のスポンジにスライスイチゴがたっぷりサンドされ、ガナッシュクリームと生クリームで彩られたチョコショートケーキ。

俺が選んだのは、店の人気メニューだという良い香りのモンブランだった。

「さすがメガちゃんたち……お薦めを聞くなら地元民に、ですね」

「ほんとだな」

俺自身、そのモンブランの味に驚きながらうなずいた。

姉の店で働いていた頃、お客さんがケーキを差し入れしてくれることはあった。東京《とうきょう》の高級店の味にもそこそこ慣れていた。

けれど、こうして澪と食べるケーキはそれにも劣らない気がして。むしろこっちの方が個人的には好みな気がして、心の中で女鹿沢さんたちに改めてお礼を言ったのだった。

「……」

黙々と、ケーキを口に運んでいる澪。

おいしいと言っていたのは本当だろうけれど、普段よりも彼女は静かだった。

食事をしていて気付いたけれど、やっぱり澪《みお》、かなり疲れている。

軽口には勢いがないし、声は少しかすれている。

でも……それも当然だよな。

あんなにやることと山積みだったら、そりゃ疲れちゃうよな。

そのうえ、これで終わりじゃない。

これからも、一学期ごとに中間テストと期末試験があり、同じ頻度で能力の試験も行われる。今回のテストは終了だけど、同じだけの苦労がこれからも定期的に澪に訪れる——。

「……大変だな」

そう口走ったのは、ほとんど無意識のうちにだった。

「人類救って、やっと平和になったのに。こんなに頑張らなきゃいけないのか……」

想像するだけで、俺までどっと疲れそうだった。

確かに、澪は一人の女子高生になることができた。

けれど、救世主を止《や》めることだって、もはや不可能で。

その事実を、ここしばらくで俺ははっきり目の当たりにしたと思う。

「マジで大変だな……」

「……ああ、そうですね」

少し間を開けて。澪がこちらを見て、小さく笑った。

その表情は、疲れていることもあってか、これまでよりぐっと大人びて見えた。

「確かに大変です。こんな面倒なことがずっと続くんですもん。わたし、望んで未来視能力を得たわけじゃないのに。なんでーって、思うこともあります」

「そうだよな」

澪の力は、澪がたまたま生まれ持っていたものらしい。

澪が自分の意思で、選択したものじゃない。

もちろん、望んだとおりに生きられる人なんて、ほとんどいないのもわかっている。

スペックを考えれば、澪は一般的には恵まれている方だとすら思う。

けれど、

「疲れちゃいますよ、ほんと……」

言って、ほっと息を吐く澪。

少なくとも、俺の目の前にいるこの子の――。この子が苦しむ感情は本物だ。

比較とかそういうことじゃなく、現実の気持ちとして存在している。

「……まあでも！」

と、そこでふいに澪は声のトーンを上げ、

「この力のおかげで、皆を救えましたからね！」

そう言って、得意げにふふんと鼻を鳴らしてみせる。

「人類皆を助けることができましたから！　わたし、漏れなくすべての人間の恩人ですよ！　皆さん、わたしに感謝すべきです！」

「本当にそうだな」

うなずいて、なんだか笑ってしまう。

ずいぶんと大きなことを言っているんだけど、これが本当にただの事実なのだ。

「アイム救世主！　しかも、結構顔もかわいいですし学校の成績も良い！　これでこの生まれを恨む方が、筋違いというもんでしょう！」

「やっぱり、かわいい自覚はあるんだ」

「ええ、もちろん！」

うなずいて、澪《みお》は胸を張る。

「芸能人並みとは言いませんけど、クラスでは上位層と言ってもいいはず！」

「……だな」

もう一度うなずきつつ、いや、そうでもないだろと思う。

実際は割と、芸能人並みに近いんじゃないだろうか。

ただ、自己評価がナチュラルに低めなところに、改めて澪の生真面目さを感じた。

こんな場面でも、澪は考え方の癖を捨てることができない。

「まあでも、それくらいが一番ぐっとくるって説、ありますから！　綺麗《きれい》すぎると引いちゃう、みたいな！　だからこれくらいがちょうどよくて――」

演説を続けている澪。

そんな彼女を眺めていて――ふと気付いた。

澪の白い髪。

最近手入れが不足しているのか、ちょっと痛んだように見えるそれ。

その根元が……確かに少し、黒いことに。

彼女の髪の生え際が、俺や他のみんなと同じ、黒髪であることに。

……脱色《ブリーチ》してるんだ。

今更になって、俺は気付いた。

こうしてそばで暮らし始めて、そろそろ二ヶ月。

このタイミングでようやく、俺は澪のその髪が元々白いのではなく、彼女自身が脱色しているものなのに気が付いた。

てっきり……能力者だからそうなのかと思っていた。

不思議な力が働いて、自然とそうなったのかと。

それくらいに、澪の白い髪は彼女に似合っている。

けれど……それが、彼女の意思でそうなっているなら。

澪《みお》自身がそれを選択していたのなら。

もしかしたらそれは……自分を奮い立たせるためのものだったのかもしれない。

未来視能力を持っただけの女の子である自分を、『救世主』にしていくためのおまじないだったのかも。

「しかもですよ」

そんな俺の視線に気付くこともなく、澪はご機嫌で続ける。

「こんな最高の夫まで、ゲットしたんですから！　お料理できて気遣ってくれて、尊重してくれる夫まで！　さりげにイケメンですしね。これ以上の幸せは、ないってくらいです！」

もう一度、ふふんを胸を張っている澪。

なんとなく、考えていることはわかる。つっこみ待ちなんだろう。

夫じゃないよとかまだ結婚してないとか、そういう俺の反応を待っている。

けれど——今日は、今日ばかりは。

「あはは、俺も幸せだよ」

俺は彼女に笑い返し、そう答えた。

——好意を抱いている。

はっきりと、俺は今そう自覚していた。

俺は、神手洗澪《みたらい》という人間に、強い好意を抱いている。

そして多分これは、異性に対する好意じゃなく、人としての「好き」。

それでも、

「え、ええ……？」

思わぬ俺の反応に、赤くなる澪。

「ど、どうしたんですか。ええ……？」

ふらふらと視線を泳がせ、ひとまずお茶を一口飲む彼女。

そんな俺の中にある気持ちを、大切にしたい。

それがどんな風に変わっていくのかを、静かに眺めていたいと思う。

「……俺に何か、できるといいんだけどな」

気付けば俺は、そうこぼしていた。

「何か澪に、できることがあればいいんだけど……」

「……大分色々、してくれてません？」

赤くなった頬《ほお》に両手を当て。未《いま》だちょっと混乱した様子で、澪は首を傾《かし》げた。

第五話

MitaraiMio niha Mirai ga Mieru

わたしが、わたしでいる限り

「ということで、今日はここ。『グッタスくるみ』で、片付けボランティアをします！」

中間テストが終わり、しばらく。

久琉美《くるみ》中央高校一年生、全員でやってきた巨大ショッピングモールにて。

我がクラスの担任、加古川麻里《かこがわまり》先生はそう言った。

「まだ使えるものとそうでないものを仕分けして、業者さんに引き渡すのね。一年一組はここ、このフロア全体を担当するから。協力しあって、テキパキ進めていきましょう！」

どこか抜けたところがあり、生徒にも人気の加古川先生。

実際、雑に括《くく》られた黒髪と適当な服装という格好ながらも、身のこなしには小動物っぽいかわいげがある。その結果、彼女には「俺だけが、カコちゃんの良さをわかってる」的なスタンスの隠れファンが多数いて、

「――はい！」

呼びかけへの返事も、必然なんだかむさ苦しいものになるのだった。

――片付けボランティア。

俺たち久琉美中央高校の生徒は、月一程度で地域奉仕活動を行っている。

復興は進んできたものの、まだまだ社会は混乱していて。仕事があるのに圧倒的に人手が足りない、みたいな現場が街の至る所にある。

そこで、中央高校生徒たちの出番だ。

農家の収穫作業を手伝ったり。

運送会社の貨物の仕分けを手伝ったり。

市の施設の大掃除を行ったり。

そんな風にして、困っている人のお役に立つ。それが、中央高校の地域奉仕活動だ。

そして今回の依頼人は——久琉美市復興課だ。

【ＩＷ禍《アイダブルか》】の際に経営会社がなくなり、以来閉鎖されたままだった大規模ショッピングモールの片付けをお願いしたい。そんな依頼をされたのだ。

ということで、俺たちは朝から体操着にジャージ着用、両手には軍手。

全身作業着スタイルで、この『グッタスくるみ』に集まっているのだった。

「俺たちは、服屋の片付けかー」

担当する店を割り振られ、俺は隣の澪《みお》にそう言う。

「使えるもの、結構ありそうだよな。食料系は大分持ってかれちゃったみたいだけど、この辺は荒らされてもいないし」

残念ながら、【ＩＷ禍】の頃、このモール内は一部が荒らされてしまっている。

酷《ひど》いのは食料品を扱うスーパーの入っていたメイン館、一階だ。

そこにあったはずの食料は、生ものはもちろん保存が利くものも根こそぎ持って行かれてしまっている。

とはいえ……店舗を壊されたりみたいなことは、さほどされていない。

きっと、社会の混乱で食べるのに困った人々が、仕方なく持って行ったんだろう。

皆生きるために必死だったんだ。

そういうことは、あまり咎《とが》めすぎないようにしたいなと思う。

「そうですね……おお、結構あるみたいです」

服屋へ向かいながら、澪《みお》が小さな声でそう言う。

彼女の頭上に、短く点《とも》った灯《あか》り。未来を視《み》たらしい。

「いいですね、子供向けの服が沢山」

「なるほど、困ってる人に使ってもらえるといいな」

今回回収した商品の中でも、使えるものは市が回収して選別、仮設住宅や避難所の人々に配るらしい。

物資不足は、今も沢山の人を苦しめている。

この作業で、そういう人たちの役に少しでも立てるといいんだけど……。

「お、ここか」

「やっぱり、いっぱい残されてますねー」

目的の服屋の前に到着した。

市にお願いして着けてもらった、照明の下。

沢山の洋服たちが、営業が止まった当時のままちょっと埃《ほこり》を被《かぶ》ってそこにある。

「俺と澪は、この辺からいくか。アウターから」

「ですね、そうしましょう！」

「じゃあ、俺たちはインナー系行ってくる！」

「わたしボトムス系いくわー」

そんな風に、同じく服屋を任されたメンバーと手分けをして、

「よし……そんじゃやるか！」

「ええ！」

俺たちは、仕分けの作業を始めたのだった。

＊

順調に作業を進めること、数時間。

昼時に差し掛かり、俺たちは昼食休憩を取ることになった。

持ってきたシートを床に敷き、支給された弁当を広げる。

「おお、いいですね！　ハンバーグ！」

「ふむ。量も結構あるし、ありがたいなー」

なんて、その豪華さに澪《みお》とテンションを上げていたところで、

「お疲れー」「お疲れ様！」

「ああ。おう、お疲れ」

女鹿沢《めがさわ》さん、那須田《なすだ》、星丸《ほしまる》の三人が現れた。

彼らもそれぞれ弁当と、色とりどりのシートを手にしていて、

「わたしたちも、ご一緒していい？」

「ええどうぞどうぞ！　みんなで食べましょう！」

「わーい、ありがとう！」

「じゃあ、お邪魔します」

言い合って、全員で食べられる場所を作る。

フロアに敷かれた、デザインも大きさもバラバラのシートたち。

こうやって地べたに座り友達とお弁当を食べるなんて、小学校で行った遠足以来だ。

懐かしい記憶が蘇《よみがえ》って、なんだか楽しい気分になる。

……まあ、俺たちがいるのは公園とかではなくショッピングモールで。

屋内でこういうことをするのは、なんだか不思議な気分でもあるんだけど。

「メガちゃんたちは、どこのお店を担当してたんでしたっけ？」

早速ハンバーグにかじりつきながら、澪が言う。

「キャンプ用品店？　スポーツ店でしたっけ？」

「ううん、おもちゃ屋さんだよ！」

「おお、おもちゃ！」

口元を手の平で隠し、澪はテンションを上げている。

「いいですね！　いるだけで楽しい気分になりそうです！」

確かに、おもちゃ屋の片付けは楽しそうだ。

ゲームやプラモデル、ラジコンやフィギュア。

遊べるわけじゃないだろうけど、娯楽が少ない昨今はそういうのを見ているだけでテンションが上がりそうな気がする。

そして、そんな話題に――意外な人物が、声を上げる。

「正直……最高だった」

珍しく声に熱を込めたのは、それまで黙っていた星丸。

どちらかというと、寡黙なタイプの彼だった。

「ガチャガチャとかすげーいっぱいあったから、俺、やりまくっちゃって。今月の小遣い、もう全部使い果たした」

「おー、マジか」

へえ、ガチャガチャ。こいつ、そんなのが好きだったんだ。

そしてかく言う俺も、そこそこその話には興味があって、

「ちなみに、何やったの？」

「ああ。えっと」

待ってましたとばかりに星丸《ほしまる》が鞄《かばん》を漁《あさ》る。

そして、戦利品のカプセルを取り出すと中身を開け、

「ほらこれ、俺こういうミニチュア系が好きで」

言いながら、一つずつそれを置いてくれた。

シートの上に並べられる、様々なミニチュア小物たち。

スナックの看板。

学校の備品。

リアルなお菓子のパッケージや、実在の書籍。

「おお、これはアツい……！」

こういうのは、俺も大好きだった。

小さい頃、ちょくちょく集めて飾ったりもしたことがある。

「だろ？」

「特にこの、『日本の朝ご飯（和食編）』。焼き魚がそそるな……」

「いいね、お目が高い……」

まさか星丸と、こんなところで気が合うなんて。

今回の奉仕活動の舞台がここでよかった。

おかげで、友人の新しい一面を見ることができたみたいだ……。

「……桃澤《ももざわ》さんたちが、意外なところで意気投合してる」

驚いたようにそう言い、目を丸くしている澪《みお》。

「そういう趣味が、あったんですか……」

確かに、俺のこの一面を見せるのは初めてだったな。

【IW禍《アイダブルか》】以前はこんな感じで、俺も普通の男の子だったんですよ。

「ちなみに」

と、女鹿沢《めがさわ》さんが、既に弁当箱をほぼ空にしつつ声を上げる。

「欲しいものがあったら、小さいものなら一個だけ持って帰っていいって言われてたでしょ？　お店のもので、定価二〇〇〇円までのものだったら」

「ええ、そうですね」

――一つだけ持って帰っていい。

それが今回、ボランティアをするにあたり、市から提示された報酬だった。

高校生に力仕事をさせるのに、見返りなしも申し訳ないと考えたらしい。

市の復興課の人が、学校側にそんな風に提案してくれたそうだ。

もちろん、これまでの奉仕活動では無報酬なことも多かった。

それでも全く構わないし、そのうえで本気で地域の方々のお手伝いをしてきた。

ただ……今回は特別に、現物支給で報酬あり。

そのせいもあってか、生徒たちは皆普段の一・二倍のテンションで作業に取り組んでいるのだった。

「澪《みお》ちゃんと桃澤《ももざわ》くんは、もう選んだ？」

「ああ……わたしは、このTシャツにしました」

言って、澪はさっき服の山の中から選んだそれを掲げてみせる。

「ほら見てください！　†MESSIAH†　Tシャツです！」

†MESSIAH†……つまり、救世主《メシア》である。

真っ黒な生地に、なんか謎にかすれた字体でそうプリントされた、独特（婉曲《えんきょく》表現）なTシャツを澪はチョイスしていた。

ちなみに元値四〇〇〇円。セールで半額になって二〇〇〇円になっていたものだ。

おい元は結構するやつなんだな。

「かっこいいでしょー？」

そのTシャツを身体《からだ》に当て、澪は自慢げな顔をしている。

「わたしいつも、子供っぽい私服ばっかりでしたから。これを着れば、大人っぽくなれる

?
ジャーーン
MESSIAH

んじゃないかなと！」

「あ、あはは……そうなんだ……」

そう言う女鹿沢《めがさわ》さんの表情が引きつっていた。

「確かに、クールでいいね。もうすぐ夏だし、気温的にもちょうどいいし、あはは……」

「ちなみに俺は、リュックをもらうことにしたよ。買い出しとかしたときに、荷物いっぱい持ち運べる鞄《かばん》が欲しかったから」

「……あ、ああ！　これもいいねえ！」

助け船を出したくて、俺も戦利品を掲げてみせた。

俺が選んだのは、無難なデザインだけど使いやすそうなリュックだ。

【ＩＷ禍《アイダブルか》】を経て、人々は昔よりも大きなバッグを選ぶ傾向になっているそうだ。

電子決済が不安定になり現金や物々交換が多くなったこともあるし、そもそもネット通販が大幅に弱体化したこともあるんだろう。

俺もこの町に来て食材の買い出しに行くことが増えたし、沢山入るこれをいただくことにした。

「ちなみに、女鹿沢さんは？」

気になって、俺は尋ね返す。

「何かもう、もらうもの決めた？」

「そうそう、それをみんなに見せたくて！」

言うと、女鹿沢さんはポケットに手を入れ、

「ほら、これ！」

戦利品であるそれを、俺たちに掲げてみせる。

「あー、なるほど」

「トランプ、ですか！」

女鹿沢さんが持っているのは、箱に入った世界一有名なカード。

トランプだった。

「ほらやっぱり、前より電気代高くなったし、もっと気楽にできるゲームが欲しい感じあるでしょ？」

「……だな」

女鹿沢さんの言うとおり、電気代は【ＩＷ禍】の前よりずっと高騰している。

空調や照明なんかで電気を使うのは仕方ないけど、遊びで使いすぎるのにはちょっと抵抗があるところだ。

まあ、中にはそんな状況でＶＴｕｂｅｒ《ブイチューバー》見まくってるやつもいるんだけど。

澪《みお》、お前のことだぞ。

「だから、みんなで遊びたいなと思ってこれをもらうことにしたの！」

「なるほど、良いアイデアだね」

「でしょ!? ということで、早速……」

と、女鹿沢《めがさわ》さんは俺たちを見回す。

既に全員弁当を食べ終えている。そして、午後の作業開始までまだ時間もある。

「みんなで、これで遊びましょう！」

＊

参加者全員で相談をして、神経衰弱をやることになった。

ババ抜きや七並べ、ポーカーや大貧民など、いくつもアイデアが上がったけれど、みんながしっかりルールを把握できているのは神経衰弱だけ。

考えてみれば、俺もトランプなんてやるのは久しぶりだ。

まずはそれくらい、シンプルなゲームからリハビリしていくのがいいかもしれない。

ということで、

「よーし、じゃあやりましょうか」

「誰からどっち回り？」

「配ってくれたから、芽依《めい》ちゃんからいこう」

早速ゲーム開始。

各自が頭を使いながら、テンポよくカードがめくられていく。

「よし！　エース揃《そろ》ったよ！」

「よく覚えてたなーそれ」

「残念ー！　こっちでしたー！」

こんな風に皆で遊ぶのは、いつ以来だろうか。

トランプに限って言えば、まだ姉の店を手伝っていた頃。暇つぶしに家で家族とやったのが最後かもしれない。

そのせいか、なんだかずいぶん楽しくて。

女鹿沢さんも星丸《ほしまる》も那須田《なすだ》も盛り上がっていて、勝負も徐々に白熱していく。

「お！　神手洗《みたらい》さん、今のよく覚えてたね！」

「ええ、絶対取ろうと思っていたので！」

「なんか澪《みお》ちゃん、調子いいなあ」

「や、でもそろそろまずいですね、覚えてるのが残ってない……！」

そして——最終盤。

全員の得点が、数点差で並んだ。

誰もが一番になる可能性がある、という非常に熱い展開だ。

「あー頼む！　J来いJ来い……あー違った！」

「残念でした、わたしがいただき……あれ、違う!?」

「バカめ！　こっちだよ！」

「ヤバい、このままじゃビリだ……！」

全員がゲームに熱中する。

高揚のせいか、女鹿沢《めがさわ》さんにいたっては頬《ほお》を真っ赤にしている。

俺自身、予想外の好展開にテンションが上がりきっていた。

だから、

「よーし、多分わたしのラストチャンスですね！」

回ってきた、澪《みお》の順番。

カードをめくる彼女に目をやって——ふと気付いた。

その頭上に、小さく光が点《とも》ったことに。

周囲のメンバーにはバレない程度に、かすかに光が点ったことに。

「わー、外れました！」

「やった！　じゃあわたしがいただくよ！」

「あー、終わったー！」

ゲームが終わり、点数が確認される。

一位は女鹿沢さん、俺と星丸《ほしまる》が同着二位で、那須田《なすだ》が四位。

澪がビリ、という順位だった。

「うわ何これ、面白すぎでしょう！」

下位だったにもかかわらず、相当楽しかったらしい。

那須田が身を乗り出している。

「もっとやろうよ！　やっぱ娯楽に飢えてるのかなー、すごく楽しい気がする！」

「ええ、やりましょうやりましょう！」

「さすが、王道ゲームはやっぱ面白いな」

盛り上がりながら、もう一度カードを切り始める面々。

けれど――俺は。そんな彼らを前にして、俺はあることを考えていた。

さっきのゲームの展開。妙に盛り上がった、あの一戦。

そこでの、澪の動き――。

「……ていうか澪」

そして俺は、ごくさりげない口調で澪にそう言う。

「一戦終わったしトイレ行こうぜ」

「……え？」

意外な申し出だったのか、澪はきょとんとしている。

「わたし、特に行きたくはなかったんですけど……」

「あー、その。道迷いそうだから。付き添いをお願いしたいんだけど」

「……そうですか？」

怪訝《けげん》そうな顔で、それでも澪《みお》は立ち上がり、

「わかりました。じゃあ、行きましょうか」

「おう。ごめん、女鹿沢《めがさわ》さんたち、ちょっと待っててね」

「いえいえ」

「ごゆっくり〜」

そう言って見送る彼らに手を振り、俺と澪はお手洗いに向けて歩き出したのだった。

＊

と見せかけて。

俺たちはしばらくモール内を歩き、人気《ひとけ》のない非常口前に到着すると、

「……なあ、澪」

「え、な、なんです……？」

なんだかドギマギした様子で、澪は首を傾《かし》げた。

彼女は壁を背にして、頬《ほお》を染め視線を泳がせながら尋ねる。

「こんなところに連れてきて、一体何を……？」

「あの、さっきの神経衰弱さ……」

そんな彼女に、俺は一度小さく息を吐き、

「未来視……使ってたよな？」

はっきりと、そう尋ねた。

「澪、未来視使って、ゲームを盛り上げてたよな……？」

多分、間違いないと思う。

澪は、未来を視《み》ながらそのゲームに参加していた。

みんなが楽しめるよう、良いゲームになるよう調整しながら自分の札を引いていた。

彼女の動きを思い出せば、はっきりとわかる。

澪が引いたカードがヒントになって、他のメンバーが揃《そろ》えられるパターンが不自然に多かった。逆に、本来記憶力のいいはずの澪自身は凡庸な成績だった。

頭上の光と合わせて考えれば……澪が未来視で場を盛り上げた。そうとしか思えない。

「……ああ、なるほど。そのことですか」

なんだか緊張が解けた様子で、澪は「んは〜……」と息を吐く。

「急にこんなところに連れてこられるから、唇を奪われるかと思いました……」

「この流れでそんなんするわけないだろ」

なんで奉仕活動の休み時間に、非常口前でそんな行為に及ぶんだ。

どんだけ飢えてればそうなるんだよ……。

「で、どうなんだよ？」

そして、俺は改めて尋ねる。

「やっぱり、やってたのか？」

「……まあ、そうですね」

存外あっさりと、澪《みお》はそう認めた。

「未来視で、調整しながら参加してましたよ」

「やっぱり……」

思った通りだ。

澪は俺にも言うことなく、こっそりそのゲームの勝敗を裏から操っていた。

「なんでそんなことするんだよ。普通にやればいいだろ。未来視なんて使わないで」

別に誰も、そんなこと澪に要求していないんだ。

一参加者として純粋に楽しめばいいのに、なんで無理に盛り上げたりしたんだろう。

「……んー」

俺の言葉に、澪は考える顔になり、

「せっかく遊ぶんだし、みんな楽しい方がいいじゃないですか」

「まあな。だとしても、澪がそんなに頑張ることなくないか？」

「でもわたし、昔から普通にこうしてたんです」

当たり前のような顔で、澪はそんなことを言う。

「物心ついたときから未来がちょっと視《み》えましたし。トランプとかやるときは、当たり前に使ってて」

「あ、ああ……」

「今日みたいに盛り上げたり、つまんなそうにしてる子がいるときは勝たせてあげたり。それが普通だったんです」

なるほど……そういうことか。

澪にとっては、未来視は特殊能力である以前に自分の個性だ。

その力があるのが当たり前で、使える場面では使うのが当たり前だった。

そして、澪の性格的にも。全員が楽しめるように、当然のように気を遣ってきた。

「だから、急にそこを変えるのは、ちょっと不安というか」

唇を尖《とが》らせ、澪は視線を落とす。

「大丈夫なんですかね。みんな、つまらなくならないかな……」

その気持ちも、わかる気がした。

普通に使っていた能力を使わない。当たり前に背負ってきた気遣いを捨てる。

それは当然不安だろう。俺にとってみれば、ポーカーフェイスを捨てるようなものだ。

「そっかー、そういうことか」

理解はできた。共感だってできたと思う。

でも俺は――そこから歩み寄ってみたいとも思った。

元救世主であるこの子と、もっと近い目線で暮らしてみたい。

それがきっと、澪《みお》の幸せにも繋《つな》がるはずだ。

だから、

「……でも試しに、やめてみないか？」

俺は彼女に、そう提案する。

「失敗してもいいからさ。みんなと同じ条件でやってみない？」

「……うーん」

「このメンツなら、どんな結果になっても楽しめるって。むしろ、練習にちょうどいいだろ？　みんな良いやつらだし」

「確かに……」

うつむき、短く考えている澪。

「一緒に、試しに……」

「こうやって」

そんな彼女に、俺は言葉を続ける。

「ちょっとずつ普通を覚えてくことが大事だと、俺思うんだよ」

こんな一歩一歩が、きっと必要なんだ。

こうやって歩み寄って、少しずつ重荷を下ろして。

その先にきっと、澪の安心できる未来があるんだと思う――。

「だからまあ、無理にとは言わないよ。やれたらやってみようぜ」

「そう、ですか……」

つぶやいて、ゆっくりと顔を上げる澪。

そして彼女は、意を決したように息を吸うと、

「じゃあ……チャレンジしようかな」

未《いま》だに不安半分の顔でそう言った。

「試しに、未来視使わないでやってみようかな……」

「おう、ありがとう。もちろん、俺からもできるフォローはするから」

「そうですか。なら、お言葉に甘えて……」

言うと、澪はこちらにぺこりと頭を下げ、

「よろしくお願いします」

「うん、任せとけ」

うなずきあって、俺たちは歩き出す。

そして、女鹿沢《めがさわ》さんたちの待つシートの方へ向かったのだった。

*

その後、神経衰弱は昼休み終了ギリギリまで続いた。

未来視と忖度《そんたく》を止《や》めた澪《みお》は、さっきのゲームが嘘《うそ》だったように大活躍。

「——えー、嘘だ！　そんな前のまで覚えてたの⁉」

「——うふふ、ここのキングは狙ってましたからね……」

「——もう無双状態じゃん！　よし、みんなでまずは澪ちゃんを倒そう！」

「——これそういうゲームだっけ？」

「——わたしは構いませんよ！　みんなまとめてかかってきてください！」

その表情はさっきよりもコロコロ変わって。

うれしそうな顔も考え込む顔も、すべてが本心からのものに感じられて。

やっぱり、彼女が踏み出してくれてよかったなと。提案してよかったなと思う。

そして、午後の作業も終わり、奉仕活動は完了。

一度学校に戻り、解散したそのあとの帰り道で。

「やー、にしても疲れたなー」

大きく伸びをしながら、俺は隣の澪に言う。

「服、一着一着は軽いけど、あれだけ整理すると結構クるんだな。澪もお疲れ」

「ええ、お疲れ様です。わたしも疲れましたー」

「身体《からだ》はどう？　痛くなったりしてない？」

「ちょっと腰が痛いですねー」

そう言って、澪は苦笑いしてみせる。

「中腰になることも多かったですし。もうわたしも、若くないですね……」

「いやいや、まだ十五だから。そんなん言ったら各方面に叱られるぞ、椋井《むくい》さんとか」

「確かに」

うなずいて、澪はもう一度笑う。

その顔は、彼女の言うとおりちょっと疲れが滲《にじ》んでいる。

けれど久しぶりに身体を動かしたおかげか、どこか晴れやかにも見えたのだった。

「それから、神経衰弱も楽しかったですねー」

そして、ごく自然な口調で澪はそう続けた。

「未来視なしでやったの、初めてでしたけど。そっか、ああいうゲームだったんですね。

シンプルに、記憶力で競いあう……」

「うん、そういうゲームだよ」

当たり前だと思っていた大前提を新鮮そうに言われて。

うなずきながら、俺は小さく笑ってしまった。

「澪《みお》にも楽しんでもらえてよかったよ。やっぱり、同じ土俵でやると仲良くなれるからな」

「ほんとですねー」

言って、澪は空を見上げる。

日は既に西の方角に沈みかけて、頭上には綺麗《きれい》なグラデーションが広がっている。

夕焼けの橙《だいだい》から、夜の始まる深い群青色まで。

東の空にはまばらに星が光り始め、西の空では千切れた雲が滲《にじ》むような色合いで夕日に照らされていた。

「……未来視を使うのが、当たり前でしたけど」

ぽつりとつぶやくように。

どこか、自分に言い聞かせるように澪は言う。

「日常でしたし、仕事でしたし、義務でしたけど。使わずにいるのも、悪くないんですね」

そして彼女は、俺に笑いかけ、

「その力がなくても。わたし、普通に生きていけるんですね」

――その力がなくても、普通に生きていける。

その言葉が、なぜだろう。妙に俺の胸を揺らしたような気がする。

澪だけが持っていた、未来視という能力。

人類を救った偉大な力。ときに自身を強く縛った、澪の個性。

それがなくても、そう。澪は生きていけるんだ。

もちろん、現実はそんな単純じゃないのはわかっている。

こんな世界で、澪はちゃんと自分の身を守らなきゃいけない。

澪自身の性格もある。看板から俺を守ってくれたこと、雨の前に傘を持とうと言ってくれたこと、今日の神経衰弱。そもそも世界を救ってくれたこと。いつだって澪は「みんなのため」を思っている。

けれど――俺は思う。

少しだけでも、その力から解放されるときがあればいいんじゃないかと。

ごく普通の女の子として、いられる時間が澪には必要なんじゃないかと。

だから、俺は短く考えて、

「……なあ、澪」

「ん？　何ですか？」

「これからは……未来視、やめてみないか？」

俺の提案に、澪《みお》は不思議そうに首を傾《かし》げる。

そんな彼女に、俺は珍しく緊張感を覚えてしまいながら、

「いつもじゃなくていい。でも俺といるときは……俺には、未来視を使うのをやめないか？」

はっきりと、そう提案してみた。

澪は、日常的に未来視を使って生きている。

俺が気付いているだけで、一日に数十回。気付いていないのも含めればもっとだろう。

当然、その対象には俺も含まれている。

どんな反応が返ってくるか確認してから話すこともあるようだし、行動を先に読まれていることも頻繁にある。

それもきっと、気遣いだったんだろう。

これまでは、主にいたずらやからかうことがその目的だと思っていた。

俺を困らせて、楽しみたいんだろうなと。実際そういう側面もあっただろうと思う。

けれど、それだけじゃない。それ以上に、気を遣ってもいたんだ。

俺が気付かないところで、気付かない形で、澪は俺や周囲のためにも未来を視《み》てきた。

今日ようやく、そのことを理解できた。

なら――せめて、俺といるときには解放されてほしかった。

二人でいるときには、『救世主』から解放されて、澪に自由であってもらいたかった。

「ほら……休憩する時間も必要だろ？」

だから俺は、澪にそう説明する。

「色んなことを忘れて、のんびりする時間があってもいいんじゃないかって思ったんだ。だとしたら、俺といるときが一番なんじゃないかって」

「……あ、ああ」

ようやく言っている意味を理解できた様子で、澪はうなずいた。

「なるほど、そういうことですか……」

視線を落とし、考えている澪。

きっと、未来視するのではなく想像しているんだろう。

未来を視なくなった、自分の気持ちを。

その能力で得られるのは視覚だけ。気持ちまでは読むことができない。

だから、澪は考える。そのとき起きること。自分に起きる変化を。

「桃澤《ももざわ》さんの前では、使わない……」

小さくつぶやいている澪。

そして俺は、そこにかすかな心配の気配を読み取った。

当たり前に使ってきた力を封じられる、不安の色。

「大丈夫だよ」

肩の力を抜いて、俺は澪《みお》に語りかける。

「心配することないって」

「……そうですか？」

「うん。俺もう多分、どうやっても澪のことを嫌いにはならないから」

「あー……え、ええ!?」

その発言に、澪は目を丸くする。

そして、白い頰《ほお》を桃色に染めながら、

「す、すごいこと言いますね……。嫌いにならないん、ですか？」

「ああ」

「本当に、何をしても？」

「うん」

「それは、さすがに嘘《うそ》でしょう……」

「でも、そう思うんだよ」

はっきり澪を見たままで、俺は続けた。

「心の底からそう思う。俺は澪のこと、一人の人間としてすごく好きだから」

これもまた、澪の言う「すごいこと」なのかもしれない。

大胆な発言であることは、自覚している。

けれど、ちゃんと伝えたいと思った。

未来視を使わないよう提案するなら、こちらも本心を伝えるべきだ。

二ヶ月以上にわたった補佐生活の中で、彼女の表面も内面も知って俺は理解した。

俺は、この神手洗《みたらい》澪という人間に、強いプラスの感情を抱いている。

恋愛の不安定な好意じゃない。損得勘定の絡んだ気持ちでもない。

俺は、生真面目で一生懸命で不器用で、それでもなんとか生きていこうとしているこの神手洗澪に、人としての好意を抱いている。

「だから、澪が澪でいる限り、俺が君を嫌いになることなんて絶対ないよ」

もう一度、きちんと彼女にそう伝えた。

「約束する。だから間違えてもいい。失敗してもいい。試してみてほしいんだ」

「……わたしが、わたしでいる限り」

その言葉を、澪はぽつりと繰り返している。

「間違えても、いい……」

考えるように、足下に落とされた視線。

それでもまだ不安そうに、震える唇。

けれど、彼女はふいに顔を上げ、

「……わかりました」

覚悟を決めた表情で、俺を見る。

「やってみようと、思います。桃澤《ももざわ》さんの前では、未来視……やめてみようと思います」

「そっか、ありがと」

そう言って、俺は澪《みお》に笑いかけてみせた。

「俺のこと、信じてくれてうれしいよ」

「どういたしまして。あの、気持ちはよくわかりましたから」

少しもじもじしながら、澪は続ける。

「どうやったって、嫌いにならないって気持ち。わたしもそうだなって、思いました。桃澤さんのこと、信じてますし……」

「……そっか」

「だから、うん。そうしてみようと、決めました」

その目に意思をみなぎらせ、澪はそう言う。

その表情に、なんだか新しい扉が開いた気がして。

いつまでも過去やレッテルにがんじがらめになっていた澪に、次のあり方が開放されたような気がして、

「おう、やるかー」

「ええ！」

軽い口調の俺に、元気にうなずき返す澪。

二人で見上げると、薄い月がひらひらと俺たちを見下ろしていた。

第六話 ✦✧✦

MitaraiMio niha Mirai ga Mieru

証明してほしいなって

✦✧✦

「――おはようございます」

「おう、おはよう」

平日朝。

いつものように、澪《みお》を待っていたマンション前で。

待ち合わせ時間ぴったりにやってきた澪は、

「……おお～」

俺の顔を見上げ、なんだか不思議な声を漏らした。

その顔に浮かぶ、うれしそうな笑み。

どこかくすぐったそうにも見える、澪の表情。

「ん？　どうしたんだよ？」

「ああすみません。なんだかその、新鮮で……」

尋ねると。口元に手を当て、澪は妙にうれしそうにしている。

「未来視せずに朝桃澤《ももざわ》さんに会うこと、あんまりないから。そんな顔するんだーとか、今日は元気そうだなとか。直《じか》に確認するのが、不思議な気分で……」

「へー、そうなのか」

学校へ向けて歩き出しながら。

俺は何の気なしにそんな風に返しつつ、

「まあ、普段から未来視してたらそんな感じになるのか。……って、これまではそんな頻繁にやってたの？」

「ええ、もうわたしにとって日常でしたからねー」

「マジか」

そっか、そんなに当たり前みたいに使ってたんだ。

もうちょっと、ポイントポイントでやるくらいなのかと思ってたな。

驚きつつも、俺は記憶を振り返り、

「じゃあこれまで『あれ、風邪ですか？』とか『今日は元気そうですね』とか言ってたのも……実は事前に把握済みだったのか？」

「正直、そういうこともありますね」

「ええー」

「あはは、すいません」

うなずくと、澪はいたずらがバレたような顔ではにかんで、

「もちろん、全部ではないですけど……初めて知った振りをすることはありました。でも！」

と、澪はくるりとこちらを向き、

「こっちの方が、楽しいかもしれません！」

その顔に明るい笑みを咲かせ、そう言った。

「できるだけ、未来を視《み》ないで生活する方が、楽しい気がします！」

「そっか」

「だから……ありがとうございます」

視線を前に戻し、澪《みお》は言う。

「未来視止《や》めようって、言ってくれてありがとうございます」

そんな彼女の口ぶりにほっとしつつ。

無茶《むちゃ》な提案だけど、してよかったとうれしさを覚えつつ、

「……どういたしまして」

俺も彼女と歩む先、学校の方に目をやったのだった。

——奉仕活動の日の、翌日。

澪が俺の前では、未来視を止めた初日。

俺たちは、なんだか新しい一歩を踏み出せたような、そんな気分でその日の朝をスタートできたのだった。

＊

「分けてあげるよ、ほら」

「え、いいんですかー？」

「うん！　澪ちゃん細すぎだからー」

昼休み。

いつものように俺と澪、女鹿沢《めがさわ》さん星丸《ほしまる》、那須田《なすだ》の五人で昼食を取る最中。

女鹿沢さんが、大きな唐揚げを自分の弁当箱から澪の方に移してやっていた。

「うちのお母さん、わたしを象の子か何かと勘違いしてるんだよー」

やれやれと笑いつつ、女鹿沢さんは次の唐揚げにかぶりついている。

「いっつもさー、超おっきいお弁当用意して。さすがのわたしでも、こんなに食べられないのにー……」

彼女の言うとおり、女鹿沢さんの弁当箱は俺や星丸たちのと比べても、二回りくらい大きなものだった。

そして、そこに詰められたボリューム満点のおかずたち。

海苔《のり》の巻かれたおにぎりに卵焼き、唐揚げにプチトマト。

女子高生の弁当というよりは、運動部の男子高校生向けの弁当みたいだった。

そのうえ、料理の一つずつがおいしそうで、家庭的ながらも手をかけて作っているのがはっきりと見て取れて、

「──いいですねー、おいしそー」

澪《みお》がそうこぼし、女鹿沢《めがさわ》さんは彼女に唐揚げを分けてあげることになったのだった。

「わー、本当におっきい……」

おはしで唐揚げを顔の前に持ってくると。

澪は目をまん丸にし、それを四方八方から眺めている。

「もう唐揚げっていうよりフライドチキンですよ。これはすごい……」

「ほんとだな」

その大きさに、思わず俺も声を上げてしまった。

「それ一個で、小食な人なら一食分になりそうだ……」

マジで巨大な唐揚げだったのだ。

一口サイズとかでは全然ない。ナイフとフォークとかで切り分けたりした方が、食べやすそうなサイズ感。

ただ、それ以上に引っかかってることがあって。

俺は一つ、気付いていることがあって──、

「わー、しかもおいしい！」

意を決して、その唐揚げにかじりついた澪。

その顔がうれしい驚きにほころぶのを眺めながら。

やっぱりそうだ——間違いない、と、心の中で確信していた。

＊
「澪、学校でも未来視止《や》めてたよな？」

そして、その日の帰り道。

道端の販売車で買ったふかし芋を食べている澪に、俺はそう切り出した。

「俺といるときだけじゃなくて、みんなといるときも未来視、しないようにしてたよな？」

「え！　おー、よく気付きましたね！」

芋をもぐもぐしながら、手で口元を隠して澪は笑う。

「おっしゃるとおり、できるだけ未来視しないで過ごしてみました！　それも楽しいんじゃないかなと思って」

「やっぱりそうだったかー」

「にしても、そんなにあっさり見破られるとは……」

むむむ、と澪は眉間にしわを寄せ、

「何をきっかけに、そうかもって思いました？」

「あー色々こう、引っかかるところはあったんだけど。確信したのは、弁当のときだな」

言いながら、俺はあのときの澪《みお》の表情を思い出す。

唐揚げをもらったうれしそうな顔。

その大きさに驚いたときの、目の輝き。

「……今思えば」

と、俺は隣の澪を見て、

「澪、これまでは割と弁当の時間に起きることを未来視してただろ？　俺が作った弁当のメニュー、知りたいからだと思うんだけど」

夕飯だけでなく、最近は澪の弁当作りも俺の日課になっている。

そして彼女はいつも、そのメニューを楽しみにしてくれていた。

ただ、リアクションを思い出すと、なんとなく毎回事前に知っていたような気配があった気がするのだ。

喜んでくれてはいるけれど、どこか予想済みだったような雰囲気。

あれは多分、未来視でメニューや弁当の時間に起きることを盗み見ていたから。

「でもほら、今日は唐揚げもらえるの、本気でうれしそうにしてたろ？」

間違いないと思う。

あれは澪の、本気の驚きと喜びだった。

「それ見て、あーそうなんだろうなって。未来視、止《や》めたんだろうなって思ったんだ」

「ほうほうなるほどー」

うんうんうなずき、澪はごくりと芋を呑《の》み込《こ》むと、

「ご明察！」

探偵をたたえる警部補みたいな口調でそう言った。

「おっしゃるとおりです。これまではね、お昼とか特に事前に未来視してたんですけど。今日は試しに、そういうのをできるだけ止めてみました」

「やっぱりなー。でも、なんでそんなことを？」

なんとなく、理由の予想はつきつつもそう尋ねてみる。

「俺と二人のときだけじゃなくて、なんで学校でまで止めたんだ？」

「……うーん、何でしょう」

腕を組み、澪は考える顔になる。

「単に……そっちの方が楽しい気がしたんですよね。今までは全部、ネタバレされた状態で生きてたようなものなので。……あ！　もちろん、能力の維持は別で考えなきゃいけないと思いますよ！」

そこは、さすがに！　みたいな顔をしている澪。

確かに、どんな風に生活しようと能力の精度は守らなきゃいけない。

どうしたって、その前提を変えるのは難しいだろう。

「普段から未来視しないことで、力が弱まる可能性はありますからね。そこは意識的に、自主練とかの時間を作らないといけないと思います。けど……」

と、澪《みお》ははにかむように笑い。

恥ずかしそうにこちらを見上げ、

「みんなと同じも、いいなと思ったんです」

照れくさそうな顔でそう言う。

「わたしもみんなと同じ。先が見えない状態で、毎日を過ごす……。そうすることで、もっと仲良くなれる気がしたんです。もちろん、不安でもありますけど。未来を読めないのは、単純に怖いですけど」

そう言うけれど、澪の目は前を向いている。

少し前に衣替えした、制服のブラウスが風をはらむ。

「きっと大丈夫だって、そう思うんです」

彼女の声は、もう揺らいでいなかった。

その目には、久琉美《くるみ》の青空が映っている。

「桃澤《ももざわ》さんが、言ってくれたから。わたしがわたしでいれば、間違えてもいいって」

彼女に、届いていた。

俺の言葉が、気持ちが、確かに届いていた。

そのことに、胸に走る喜びがある。

わかってもらえたうれしさに、口元が緩みかける。

「だから変わってみたいと。頑張ってみたいと、思ってるんです」

はっきりとそう言う声色。

彼女が未来視なしで、目指そうとしている未来。

もしかしたら……と俺は思う。

もしかしたら、これでようやく『【IW禍《アイダブルか》】後』が始まったんじゃないかと思う。

世界にとっての、じゃない。

神手洗《みたらい》澪という女の子にとっての『【IW禍】後』だ。

俺は、できるだけそばでそれを見ていたいと思った。できることなら、力にもなりたいと強く思った。

——そして、車が目の前に停《と》まったのは。
見覚えのある車——自衛隊所有の送迎車——が俺たちの前に急停止したのは、そんなタイミングだった。

切り裂くようなブレーキ音。

間を置かずに張り詰める空気。
澪《みお》と俺は、反射的に身構える。
勢いよく助手席のドアが開き、その中に乗っていたのは、
「――澪！　桃澤《ももざわ》！」
派手なピンクの髪で、制服を着た女性。
険しい表情でハンドルを握る、椋井《むくい》さんだった――。
「緊急事態！　乗って！」
彼女の言葉に――俺たちは駆け出す。
【IW禍《アイダブルか》】の頃の緊迫感で、スムーズに後部座席に乗車。
ドアを閉めると同時に、車は勢いよく走り出した。
――そこまで、ほぼ無意識に行動して。
思考を媒介せず、身体《からだ》の反射だけで車に乗り込んで――ようやく、疑問に思う。
緊急事態？　一体なんだ？
【α分隊《アルファぶんたい》】でトラブル？　自衛隊の方で何か起きた？
あるいは……。
「……」
想像されうる中で、最悪のパターンが頭に浮かぶ――。

隣の澪の顔を、ちらりと盗み見た。

意外にも、彼女は俺よりもずっと穏やかな顔をしていて。

動揺も不安も滲《にじ》まない、冷静な顔で運転席に目をやっていて、

——救世主。


ああ、この子は本当にそうなんだと。

こんな場面を、何度も経験してきたんだと今更俺は思い知る。

「ごめん、急にこんな」

ハンドルに手をやったまま、椋井さんは言う。

「内閣から、緊急の要請があって」

「何があったんですか？」

端的に、澪が尋ねる。

「紛争が起きた？　大規模な事故とか災害？　あるいは」

と、澪はごく自然にそれらの選択肢と並べて、

「また【外敵】ですか？」

ぞくりと——肌が粟立《あわだ》った。

「【IW禍《アイダブルか》】、再発しそうですか？」

——その懸念は、自衛隊、【α分隊《アルファぶんたい》】の中でも未《いま》だくすぶっていた。

【外敵】が唐突に現れたのだから、その残党が現れる可能性もあるんじゃないか。

現在の平和は、戦いの間の小康状態でしかないいんじゃないか——。

けれど、

「どうしたの？　澪《みお》」

意外にも、椋井《むくい》さんは何か驚いた顔をしている。

「いつもだったら、未来視で状況はすぐ把握するでしょ？」

「……ああ、そうでしたね」

澪はそう言って、小さく笑い、

「ごめんなさい、ちょうど未来視しないで生活する、練習をしてたので」

「……！　なるほど、そうだったのね」

「ひとまず、すぐに未来を視《み》て把握します」

「うん、お願い」

「ということで、桃澤《ももざわ》さん」

澪はこちらを向くと、あくまで端的な物言いで、

「緊急事態です。ここからは、未来視を制限なしで使います」

「おう、わかった……」

「ごめんなさい、許してくださいね」

「もちろん、構わないって」

こうなったら仕方ない。

彼女の能力を、フルで使って対処に当たるしかない。

澪の頭に、ぽっと光が宿る。

ぶつぶつと何かつぶやきながら、澪が事情を把握していく。

その間に――椋井さんは視線を前方に向けたまま。

未来視ができない俺に、端的にこう告げた。

「……国内で、【自律六足戦闘車《ハーベスター》】が発見された」

「【ハーベスター】!?」

その言葉に背筋が凍った。

座席のシートを掴《つか》み、俺は運転席に身を乗り出す。

「どういうことですか!?　本当に、再侵攻……!?」

――自律六足戦闘車。

【外敵】が【IW禍】の際に使用した、小型の自律戦車だ。

自動制御でドローンのように活用される、【外敵】の主要戦力である。

長く細い足と丸い身体《からだ》から、人類はそれをザトウムシになぞらえ【ハーベスター】と呼んだ。一体ずつの戦闘能力は高くはないし、通常兵器の攻撃でも十分に倒せる。

ただ、その数の多さに国連軍は圧倒され、【IW禍《アイダブルか》】の際には、人類に最も被害を与えた兵器にもなった。

それが……再び見つかった。それは、つまり……。

「いや、今のところ再侵攻はなさそうだ」

けれど、椋井《むくい》さんははっきりと俺の予感を否定する。

「状況から見て、【IW禍】の途中で機能停止した残存機体らしい。水戸《みと》にも近い鹿沼《かぬま》市で地元猟友会が見つけてね。陸上自衛隊が駆けつけている」

「鹿沼市……ここからは五十キロくらいですか」

「だね。機体は現状沈黙。ただどうも、再起動の気配があって――」

「――それで」

黙っていた澪《みお》が、ふいに声を上げた。

見れば、頭上の光は既に消えている。状況は把握し終えたらしい。

「対処に関して未来視してほしい、と」

「そういうこと」

【ハーベスター】の残存機体。

救世主である澪の、未来視での対処——。

これまでにない展開だった。

【ＩＷ禍】当時を思わせる、澪と【外敵】勢力の戦い……。

背中にじっとりと汗が滲《にじ》んだ。緊張に、喉がカラカラに渇いていく。

補佐官として、初めて直面する緊急事態だ。

どうなるん……だろう。これから澪は、状況はどうなって……。

そんな俺をよそに、気付けば車は自衛隊施設に入っていく。

【α分隊《アルファぶんたい》】が間借りしている、この久琉美《くるみ》での主要拠点。

俺もミーティングや事務仕事がある度、何度もここを訪れていた。

「ということで。これから澪には会議室で未来視をしてもらいます。状況をリアルタイムで見ながら指示をもらいたい」

「うん、わかりました」

「内閣と自衛隊もリモートで同席するから、そのつもりで」

車が停《と》まる。椋井さんがエンジンを切る。

澪はテンポよく扉を開け、

「任せてください」

余裕さえ感じるフラットな声で、静かに言った。

彼女に続きつつ、俺は澪《みお》のその落ちつきに。これまで見えていなかった新たな一面に、妙に心許《こころもと》ない気分になっているのを自覚する。

＊

——その会議室は、建物の最深部。地下二階に用意されていた。

椋《むく》井《い》さんに扉を開けてもらい、澪が足早に入室すると、

「——！」

中にいた——十人ほどの人々。

おそらく、自衛官と覚しき男性たちが彼女に敬礼する。

「お疲れ様です」

敬礼を返し、澪は傍らにあったデスクに鞄《かばん》を置き状況を尋ねた。

「もう回線は繋《つな》がってますか？」

「はい、ひたちなかとは既に。水戸《みと》は、幕僚長があと少しでお見えです」

「承知しました」

そわそわしながら、周囲を見回した。

初めて来る場所だ。一見すると、古いオフィスビルの会議室のような部屋だった。

白い壁面と天井は、塗られたペンキが色あせている。

天井に据え付けられた蛍光灯も、決して新しいものではないらしい。

部屋の奥にはテーブルが置かれ、正面には大きなディスプレイがしつらえられている。

そこに表示されているのは、どこかの会議室が二つだ。

片方は相手方が迷彩服を着ていて、もう片方はスーツ姿。それぞれ水戸の自衛隊基地とひたちなかの政府関係者だろう。

その向かい、デスクの前に腰掛けた澪に、迷彩服の大人が会議の準備を施していく。

彼女の前に置かれる紙資料、マイク、ペットボトルの水とパソコン。

見回せば、部屋の中では迷彩服や制服を着た大人たちが忙《せわ》しなく仕事をしていた。

そして俺は——澪のそばに控えながら。何があっても対応できるよう備えながら、状況の極端な変化に気持ちが追いつけないでいた。

……ついさっきまで。ほんの十分程前まで学校の帰り道にいた俺たち。

のんきにふかし芋を食べていた澪と、その隣にいた俺。

そんな時間が、ずっと続く気がしていた。

そういう幸福が、これから増えていくんだと思っていた。

なのに——この状況は何だ。

めまぐるしい展開と、堂々としている澪。

その表情には、揺らぎも不安も見えない――。

『――えー、それでは、幕僚長到着しました』

スピーカーから、硬い男性の声が響いた。

『大枠は皆さん、ご存じかと思います。ここからは、リアルタイムに状況を神手洗《みたらい》さんに確認いただきつつ、未来視でご指示をいただければと』

『よろしくお願いします』

「はい、よろしくお願いします」

『現場映像は、もう出せる？』

ディスプレイの向こうで、自衛隊の上層部らしい壮年男性が周囲に尋ねる。

『もう少し？　すみません、少々お待ちを――』

「――んん⁉」

唐突に、澪《みお》が驚きの声を上げた。

その頭上には、小さく光が点《とも》っている。

映像より先に、未来視を始めていたらしい。

そして彼女は、深刻な顔でディスプレイに目を向け、

「……こんなに少人数で現場に行かせたんですか？」

探るような声でそう尋ねた。

「【ハーベスター】の残存機体ですよね？　しかも、再起動の可能性もある」

『ええ、そうなります……』

わずかに慌てた顔で、迷彩服の壮年男性が答える。

「水戸《みと》の近くでしょう？　もっと大規模に展開できましたよね？」

『不可能では、ありませんでしたが……』

「少人数で、確実に【ハーベスター】を倒せると？」

澪の声が、徐々に熱を帯びていく。

響きに籠もった圧力が強くなる。

『そうではありませんが、まずは事態の把握を……』

「最悪を想定しておくべきでは？」

『おっしゃるとおりですが……』

「じゃあ――何してるんですか！」

高い声が、会議室の壁に短く反響した。

「何を出し惜しみしてるんですか、この状況で！」

――怒っていた。

間違いない。目の前で――あの澪が激怒していた。

それも、顔を合わせたばかりの相手。自分よりずっと年上の男性たちに。

『すみません、状況が読み切れず……』

ディスプレイの向こうで、歯切れ悪く男性が答える。

『復興支援で、人員が不足していたこともあり……』

「復興と人命、どっちが大事なんですか!?　被害の発生を防ぐのが最優先でしょう……」

呆《あき》れたように、澪《みお》は髪を乱雑に掻《か》く。

見たことのない表情だった。聞いたことのない声色だった。

焦りから来るのだろう、遠慮のない強い感情。

認めよう。俺はそんな彼女に……はっきりと動揺していた。

ずっとそばにいた、一緒に暮らしてきた澪とは別人にしか見えないその姿。

そんな彼女を、俺は――怖いと感じ始めている。

「……逃げられます」

額に手を当て、澪は歯を食いしばりそうこぼす。

「【ハーベスター】が、山中に逃げます！」

『――映像、繋《つな》がりました！』

スタッフらしい若い男性の声が、スピーカーから響いた。

同時に、表示されるどこかの山の中の映像――。

敷かれた非常線と、慌ただしく作業をする迷彩服の人々。

そして——木の葉にうずもれる、巨大な戦闘車。
黒い球体から細長い足が六本伸びた、自律兵器【ハーベスター】。
今のところ、それは微動だにしていない。完全に機能停止して見える。
どうやら、この隙に無力化すべく攻撃準備をしていたらしい。
けれど——次の瞬間。
「……まずい」
澪がつぶやくと同時に、その機体が大きく身を震わせた。
六本の足が一度ピンと伸びる。
次いで、そのすべてが地面に勢いよく突き立てられ、
『——ああッ！』
『再起動！　【ハーベスター】、再起動しました！』
現場から緊迫の声が上がる。
脚の支えで高々と掲げられた、黒い球体。
その姿に、俺の脳裏に【IW禍《アイダブルか》】の頃の景色がフラッシュバックする。
東京《とうきょう》を焼け野原にした、禍々《まがまが》しいその姿——。
『発砲許可は出ている！』
幕僚長が叫んだ。

『絶対に逃がすな！』
自衛隊員たちが一斉に発砲する。
激しく鳴り響く銃声。
けれど【ハーベスター】にダメージは見られない。
かわりに、その前脚を大きく掲げると、
『――ぐあぁッ！』
『――うぐッ！』
自衛隊員をなぎ払った。
吹き飛ばされる隊員たち。動揺するディスプレイの向こうの人々。
そしてそのまま、【ハーベスター】は大きく跳躍した。
重力を感じさせない、不自然な挙動。
目で追うことも叶《かな》わず、その姿は木々の向こうに消え――静寂。
『――目標、見失いました……』
現場の隊員のそんな声が、力なく響いた。
会議室にも、短く沈黙が満ちる。
誰も声を上げることができない、重苦しい静けさ。
「……仕方ありません」

何秒かの間のあと。それを破ったのは――やはり澪《みお》だった。

彼女の声とは思えないほど、低く重たい声だった。

「至急、次の動きを考えましょう。起きたことは変わりません」

『申し訳ありません……』

「ひとまず、近隣住民に即時避難指示を出してください。無理に情報は隠さないで。不安の軽減のためにも、【α分隊《アルファぶんたい》】が動いていると告知。未来視をしていることも公開しましょう」

『承知しました……』

「とはいえ、混乱が広がる可能性もあります。なので、まず少し先を読みましょう。ひとまず、明日から」

言って、澪が椅子から立ち上がる。

そして、その手を祈るように組み――頭上に、光が点《とも》った。

ここから必要になるのは、通常の未来視ではなく深未来視になるだろう。

翌日以上の先を知るためには、負荷がかかるそれに頼るしかない。

彼女が何かをぶつぶつとつぶやき、光は徐々に大きくなっていく。

照明の下でも、直視すればまぶしく感じる程に光量は増していく。

そして、彼女の頭に冠が展開し、

「──視《み》えました」

目を閉じたまま、冠を保ったまま澪《みお》は言う。

「大丈夫……そうかな。取り立てて、街に異常があるようには……」

『大きな混乱は、起こらないと考えていいでしょうか？』

「おそらく。念のため、もう少し様子を見ます……」

そして、彼女は目に視えたであろうものを小さくつぶやいていく。

「手の平、わたしの部屋……流し、洗い物残ってる、窓、の向こう久琉美《くるみ》の街──」

端的な視界の説明。

おそらく、明日の澪が視ているであろうビジョン。

「──時計、八時前、かごの洗濯物、Tシャツキャミブラウス、ベッド……はぐちゃぐちゃ、鏡の顔、酷《ひど》い……歯ブラシ、カミソリ、マスク──」

視界のすべてを洗いざらい、吐き出すかのように言葉にする澪。

「服脱ぎっぱなし、鞄《かばん》手に取って、鍵、テレビの方、ニュース──」

そして、

「……え？」

澪はそんな声を漏らし──目を見開いた。

「どう、して……？」

酷く驚いた表情。不安げに揺れる表情。

目は泳ぎ、唇は震えて、

『――どう、されました？』

幕僚長から、緊張気味の声が上がる。

『まさか、何か大きな事件が……？』

「……いえ」

冠を被《かぶ》ったまま、澪は首を振った。

「すみません取り乱して。プライベートなことで、少し動揺しまして。失礼しました」

澪は小さく咳払《せきばら》いし、

「それで……やはり混乱は、さほど起きません。国民は、冷静に事態を受け止めつつ生活を続けているようです」

その言葉に。どっ……と、全員から深い息が漏れた。

画面の向こうの大人たちの姿勢が、一斉にわずかに崩れる。

けれど……俺はどうしても、引っかかっていた。

プライベートなことで動揺？　明日の澪が？

一体、何があるんだろう。

何があればそんなに、澪は不安げな表情になるんだろう――。

「それから、【ハーベスター】がどうなるか」

もう一度、未来視に集中する澪《みお》。

「そちらも、確認します……」

そして、短い間を置いてから、

「ああ……やはり再出現、するようです」

彼女は目を開き、ディスプレイに向けて言った。

「来週ですね。そこで……本格的な戦闘になります」

『なるほど、来週。戦闘も……』

幕僚長の顔に、緊張の色が戻った。

戦闘……つまり【IW禍《アイダブルか》】以来の【外敵】勢力との戦いだ。

彼がそんな顔をするのも、仕方がないのかもしれない。

「時間はまだあります、十分な準備を整えて戦いに臨みましょう」

先ほどの動揺が嘘《うそ》だったように、端的に澪が言う。

「もちろん、わたしも未来視で参加します。犠牲を一人も出さず、【ハーベスター】を排除しましょう」

『……承知しました』

ようやく少し安心した様子で、幕僚長がうなずいた。

【外敵】勢力とは言え澪がいれば、手痛い敗北を喫することはないだろう。

そんな内心が、ありありと滲《にじ》む顔だった。

『それでは、戦闘に備えてまたご意見をいただければと思います。この度は、対応に不備がありまし訳ありませんでした』

「とんでもないです。わたしこそ、厳しいことを言ってしまいすみませんでした」

そう言って、澪はようやく柔らかい顔で笑う。

これまで何度も見てきた、いつもどおりのはずの澪の表情。

けれど——それが今は、なんだか別人のように見えて。

俺の知っている澪とは違う、誰か他の人のように見えてしまって、

「……お疲れ、澪」

通話を終え、こちらを振り返った澪。

そんな彼女に、俺は上手《うま》く笑いかけることができなかった。

「ええ。桃澤《ももざわ》さんも、お疲れ様です……」

そんな俺に気付いたのか、そうでもないのか。

澪はその目で、俺をじっと見つめていた。


——帰り道。いつもは饒舌《じょうぜつ》な澪が、妙に物静かだった。

＊

——ちょっと、話がしたいんだ。

そんな風に澪《みお》にお願いしたのは、それぞれの部屋に分かれる前。

マンションの廊下でのことだった。

「なんとなく、雑談したくて。寝る前に、澪さえよければお願いしたいんだけど」

自室の扉に手をかけた澪に、俺はそう言って笑いかけ、

「どうかな？」

なぜだろう、今日をこれで終わらせてはいけない気がした。

沢山のことがあった。澪もへとへとだろう。

本来なら、すぐにでも休ませてあげるべきなんだろうと思う。

それでも、ここでこのまま別れてしまえば。

今日を終わりにしてしまえば、俺と澪の間に壁のようなものができてしまう。

そしてそれは日を追うごとに分厚くなり、気付けばどうしたって打ち破ることができなくなってしまう。

そんな気がしていた。

「……わかりました」

俺の気持ちをわかってくれたのか、そうでもないのか。

相変わらず、らしくもない表情の乏しさで澪は言う。

「では、荷物を置いてから」

「うん、ありがとう」

それだけ言うと、澪は一度部屋に戻った。

そして——彼女が俺の部屋に来たのは、十分後。

こちらも一通り、話をする準備ができてからだった。

＊

「ひとまず、今日はお疲れな」

「お疲れ様です」

ソファに腰掛けた澪に、淹《い》れておいた紅茶を出した。

彼女はカップを一度手に取り、何度かふーふーと息を吹きかけたあと。

けれどやはり熱すぎたのか、口につけることなくテーブルに戻した。

「にしても、すごかったよ」

そんな彼女の隣に腰掛け。

俺はまず、明るい声で感想を言う。

「あんな風に、自衛隊と政府の人相手にして。いや俺も、店で働いてたとき有名人とか官僚の接客もしたけどさ。あんなに堂々と渡り合うなんて。やっぱり澪《みお》、すごいんだなと思った」

平静を装って店員として接客するのと、依頼をされて仕事をこなすの。

それは全く立場の違うことだ。

普段はひょうひょうとしている澪が彼らと対等に、あるいは意見を乞われる側として振る舞った。そのことに、俺の中で驚きが消えないままでいる。

「【IW禍《アイダブルか》】の頃の、経験もありますし」

それでも澪は、どこか固い声で言う。

「あの頃は、お互い立場なんて気にする余裕もなかったので」

「そっか、そうだよな」

人類存亡の危機にあった、あの頃。

さすがにそこまで追い詰められると、政府だの自衛隊だの学生だの言っていられなかったんだろう。

彼女のことを知った気でいたけど。内面を含めて、深くまで理解できた気でいたけど。

もしかしたら、思い上がっていたのかもしれないと今更思う。

「そうそう、それから」

と、俺はあくまで自然な口調で。

一番気になっていたことを、さらっと口に出す。

「明日のことが視《み》えたとき、澪なんか動揺してただろ？」

そう切り出してみたけど、澪の様子に変化はない。

未来視をして知っていたのか？　と一瞬思うけれど、この部屋に来てから彼女の頭の上に光は点《とも》っていない。俺と二人のときに未来視をしない、という約束も、きっと守ってくれているだろう。

「あれ、何だったんだ？　ずいぶんびっくりしてたけど、何が視えたんだよ？」

その問いに、澪はもう一度カップに手をやる。

ようやくほどよく冷めたのか、彼女は紅茶を二、三度口に運び、ためらうように短く黙ってから、

「――わたし、部屋を出るみたいなんです」

静かな声で、そう言った。

「明日、このマンションを退去することになるようです――」

「……は？」

さすがに、呆《ほう》けた声が出た。

「部屋を出る？　退去？」

意味がわからなかった。

「それは……少し出かけるとか、そういうことじゃなく？」

「違うと思います」

澪《みお》は視線を足下に落とし、

「わたし、貴重品や重要書類を全部持っていました。お気に入りの、置いていけないものも全部」

つまり、と彼女は前置きし。

弱々しい視線でこちらを向いた。

「もう、戻らないつもりなんだと思います」

——もう、戻らない。

澪が、このマンションを出ていく。

俺たちの暮らしに、終止符を打つ。

「……なんで？」

気付けば、マヌケにもそんなことを聞いていた。

必死に抑えこもうとしても、どうしても声に動揺が滲《にじ》んだ。

「どうして急に、そんなことになるんだよ……」

「……それが、わからない」

言って、澪はもう一度視線を落とした。

「わからないんです……」

未来視でわかるのは、その名のとおり『視覚』と、付随する一部『聴覚』だ。

つまり、心情は対象外。だから、どんな気持ちで澪が部屋を出たのか、なぜそんなことをしていたのかはわからない。

「でも、多分ですけど……」

ぽつりとつぶやくように。

消え入りそうな声で、澪は続ける。

「あなたと。桃澤《ももざわ》さんと、何かあったんだと思います……」

——俺と、何かあった。

澪と俺の間に何かが起きて、澪はこのマンションを出ていくことになる。

今日から、明日までの間に。

それはつまり、

「……」

これからということなのだろう。

俺と澪《みお》は、今からする話をきっかけに、関係を大きく変える……。

「……実際ね、わたしも聞きたいことがあって」

身構える俺に、澪は続ける。

「今日のわたしを見て、どうでした？　多分、これまで見せたことのない一面を見せちゃいましたけど」

明らかに空元気とわかる笑みを浮かべ。

何でもない振りをして、澪は俺に尋ねてくる。

「結構、びっくりしたんじゃないですか？」

「……それは、うん。そうだな」

その問いに——俺は意識を切り替える。

「確かに、正直驚いたよ」

ここからのやりとりは、俺と澪の生活にとって大切なものになる。

だから、これまで得てきたすべての技術を使って。

できる限り頭をフル回転させ、最適な回答をしたい。

それで、澪の視《み》た未来を回避することは、できないかもしれないけれど。

澪はこのマンションを出ていくのかもしれないけれど、その意味を変えることはできるはずだ。

悲しい離別ではなく、未来のための一時的な別れ。

悲劇的な関係の終わりではなくクールダウン。

そんな風に、することもできるはず。

だから、俺は彼女に気付かれないよう一度息を吸い、

「俺、澪のことそこそこわかった気になってたけど、そうでもなかったな」

「あはは、やっぱりそうなんですね」

口元に手を当て、澪は笑う。

「ていうか、女の子をわかった気になるなんて、桃澤《ももざわ》さんも若いなあ」

「いやいや、同い年だろ」

「人なんて、わからないものですよ。本当にわかりあうことなんて、きっと永遠にできないんじゃないでしょうか」

「そうかな」

「……でもどうです？　気は変わりました？」

澪《みお》の目が、俺の足下に向けられる。

「嫌いになることはない、なんて言ってましたけど。澪が澪でいれば、なんて言ってくれましたけど」

そして、彼女は俺の目を見ないままで、

「そうとも言い切れなくなってきたんじゃないですか？」

「そんなことないよ」

はっきりと、断言できたと思う。

迷いもためらいも見せず、端的に言えたと思う。

「別にそんな、今日のことでそんな風には思わなかったって。むしろ、すごいなって改めて感心したくらいで」

「……本当ですか？」

「うん、本当だ」

「じゃあ……」

澪が――俺を真《ま》っ直《す》ぐ見る。

これまで沢山の未来を見透かしてきた、人類を救ったその瞳。

それが今、正面から俺を向く――、

「──引かなかった？」

そして、澪はそう尋ねる。

「──今日のわたしを見ても。ちょっとも、怖いと思いませんでした？」

目を逸《そ》らすな。
自分に、強くそう言い聞かせる。
真っ直ぐ澪を見ろ。
そのまま言え。
引いていない。怖いなんて思わない。
一ミリだって、揺らぎを見せちゃいけない──。
けれど──澪の目は、じっと俺を見ている。
すべてを見抜く目が、俺の心の奥底まで覗《のぞ》き込《こ》んでいる。
背筋に冷たさが走った。舌がジンと痺《しび》れた。
だから、ほんの一瞬だった。
視線が──澪から外れ──短く久琉美《くるみ》の街を映し──澪に戻る。

——傷ついた顔をしていた。

その一瞬の間にすべて悟ったように。

澪《みお》の表情は、酷《ひど》く悲しげに歪《ゆが》んでいた——。


「……怖いなんて、思うわけないって」

もはや、手遅れかもしれない。

そう自覚しながらも、俺は白々しくそう言う。

「すごいと思うけど、それは怖いとかじゃなくて。尊敬とか、感謝とか、そっちの方が近いというか……」

さっき話したことと同じだった。

少なくともそのときには、間違いなく本心だった。

けれど今、もう一度口に出したその言葉は、なぜだか酷く嘘《うそ》くさく聞こえた。

表面を取り繕っただけのきれい事。

口にしている俺自身が、そう感じてしまうほど薄っぺらい気がした。

「ねえ、桃澤《ももざわ》さん」

ふいに——澪が俺の名前を呼ぶ。

なんだか妙に明るい口調で、場面にそぐわないさっぱりした物言いで。

「わたしね、この関係がずっと続けばいいなと思ってたんです」

「この関係……？」

「ええ。わたしたちのこの間柄が。女の子とその補佐役で、友達とも恋人ともちょっと違って……」

確かに、俺たちの関係は友達と呼べるものではないような気がする。

ある部分ではもっとビジネスライクだし、ある部分ではもっと親密だ。

ましてや恋人でもないし、関係につけられる名前はない。

「そういうのが、これから続いていけばいいなって、本気で願ってたんです」

「そっ、か」

「でもね」

そして、澪は妙に明るい声のままで、

「もう――視《み》えちゃった。わたしが、このマンションを出る未来が」

あっさりと、そう言い切った。

「この関係の、ラストシーンが」

俺は、言葉を返せない。

未来が視えない俺には、彼女にかけられる言葉がない。

「いつもそうでした。失いたくないものができても、それがなくなる未来が視《み》えちゃう。あらかじめ、終わりがわかっちゃうんです」

焼き切れそうな頭で、それはどんな苦痛だっただろうと思う。

俺たちには、未来が視えない。だから、無責任な希望を抱ける。楽観視ができる。

けれど、澪《みお》にはそんな権利もない。

未来という確定された事実が、否応《いやおう》なしに押しつけられてしまう。

「だとしたら……」

ふふふと、澪はふいに笑う。

そして——こちらに大きく身を乗り出し、

「確かなものを、無理にでも作るしかないですよね？」

「……どういう、ことだよ」

その顔が、至近距離にあることに動揺しながら尋ねた。

かすかに香るシャンプーの匂い。

バランスを崩せば触れてしまいそうな唇。部屋着のカットソー。

前屈《まえかが》みなせいでその首元から見えてしまった、柔らかそうな胸の膨らみ。

「桃澤《ももざわ》さん」

「……何？」

「わたしのこと、好きですか？」

大きなその目が、もう一度俺を見ている。

俺はその明け透けな問いに、内心で大きく動揺しながら、

「好き、だけど——」

——人間として。

——一人の人として、好きだけど。

そんな風に、続けようと思ったのに、

「そうですか」

澪はそう言いほほえむと、ふいにソファから立ち上がる。

そして、部屋の隅に歩いていき、

「……おい、何してるんだよ」

何も言わずに、照明を消してしまった。

灯《あか》りの消えた部屋。

ベランダから差し込む久琉美《くるみ》の街の灯りが、暗闇の中ぼんやり俺と澪を照らしている。

澪はソファに戻ってくると、もう一度俺のすぐそばに腰掛ける。

そして——、

「……え……」

──おもむろに、カットソーを脱いだ。

露《あら》わになる、澪《みお》の下着姿。

水色のブラジャーと、思いのほか豊かな胸の膨らみ。

反射的に目を逸《そ》らした俺に──澪は覆《おお》い被《かぶ》さるようにして、

「しましょう?」

妙に軽い口調で、そんなことを言った。

「わたしのこと好きなら、しちゃいましょう?」

「ど、どうしてそんな、急に……」

混乱していた。

予想外の展開に、完全に動揺していた。

どうして、こんなことになっている?

つまり、これは。澪は、俺と……。

「証明してほしいなって」

あくまで明るい笑みのまま、澪は言う。

「桃澤《ももざわ》さんの気持ちを」

そして──、

「……っ!」

——彼女が、俺の左手を掴《つか》む。

そのままそれを——自らの胸に押しつけた。

指先に伝わる、滑らかな肌の感触。ひんやりとして、絹のように滑らかな手触り。

澪《みお》の印象とは裏腹にボリュームのあるそれは、男の身体《からだ》にはない柔らかさで心臓が大きく跳ねる。

ただ、手首側にはブラのレースの手触りを感じた。

想像以上に固く、ざらざらしたそれ。

だから——現実だと。

これは夢でも何でもない、現実に起きていることだと認識した。

澪は俺の腰の上にまたがり、

「桃澤《ももざわ》さんがわたしを大事に思ってるって。それがずっと続くって、信じたいんです」

口元に笑みをたたえたまま、首を傾《かし》げた。

「どうせいつか結婚するなら、今でもいいでしょう?」

——結婚。そうだ、澪の未来視が確実なら、俺たちはいつか結婚する。

ただその意味さえも、今は揺らいでいる気がした。

幸福なもの? あるいはなんらかの偽装?

わからない。わからないけれど……今から起きることで、そんな未来も変わっていく。

それに、認めざるをえない。
「……ッ！」
俺は――強い欲求を覚えていた。
思考をすっ飛ばして俺を突き動かす、暴力的な衝動。
澪は綺麗《きれい》だ。顔立ちが整っている。スタイルが良い。
肌も綺麗だし、触れれば柔らかい。もっと触れたい。強くそう思った。
だからきっと、すれば丸く収まるんだろう。
澪の気が済む、未来が明るいものに近づく、俺も満たされる。
表面上、すべてが上手《うま》くいく。
「……」
それでも。
それでも俺は――すんでのところでその気持ちを押しとどめた。
頭の中で警鐘が鳴っている。何かが間違っている。
気持ちの証明？　確かに、そういうことができるのかもしれない。
身体の関係になれば、澪が安心するのかもしれない。
でも、それでいいのか？
澪の態度。明らかに、本心を隠している。

そんな状況で、こんなデリケートな選択をしていいのか？

「ちょ、ちょっと待った！」

俺の服に、手をかけている澪《みお》。

こちらまで脱がそうとしている彼女の手を、反射的に掴《つか》んだ。

「い、一旦落ちつけって」

「落ちついてますよ？」

「こんな、勢いでみたいなのは、よくないよ」

「……嫌ですか？」

暗闇の中でも、彼女が寂しげにほほえんだのがわかった。

「こんな女とするのは、桃澤《ももざわ》さんは無理ですか？」

「そういうことじゃ、なくて」

勢いが削《そ》がれたのを機に、俺は上半身を起こす。

そして、腰の辺りにまたがっていた澪を隣に座らせ、

「なんかその……こういうのはしかるべきときと、手順があると思うんだよ」

しどろもどろにならないよう。

必死に頭を回して、俺は彼女に説明する。

「したいしたくないじゃなく、こういう展開では違うと思うんだ」

「……どうして？」

澪は膝の上で拳をぎゅっと握る。

けれど、あくまで抑えたトーンのままで、

「どうして桃澤さん、安心させてくれないんですか？　大丈夫だって、思わせてくれないんですか……？」

少しずつ、その声が揺れ始める。

崩れそうに、大きく震える。

そして澪は——苦しげにこちらを見ると、

「わ、わたしは……ただ……」

——言葉を返せなかった。

澪が初めて見せる、感情の揺らぎ。

それに、どう返事すればいいのかわからない。

そこで——ふいに、彼女の頭上に小さく光が点《とも》る。

気付いた顔になる澪。彼女が視《み》た、俺たちの未来——。

澪は両手でその顔を覆い、

「……ごめんなさい……」

聞こえないほど小さな声で、そう言った。

「わたし……もう。間違いじゃ、済まない……」
その言葉に、事態が最悪の進展をしているのを再認識する。
何か言わなくちゃ。言葉をかけなくちゃ。
澪《みお》は冷静さを失っている。
確かに、澪からすれば失敗なのかもしれない。酷《ひど》くやり方を間違えたかもしれない。
でも、そんなの誰にだってあることだ。
ここからやり直すことだって、できるはず――。
「あの、澪……！」
けれどそこまで言って、すぐに気付いた。
澪が今視《み》たのは、きっと俺たちのすぐ先の出来事だ。
つまり、ここからどうにもならなかった未来、だ
だとしたら……、
「その、俺は……」
わからなくなってしまう。
今の二人に必要な言葉が、俺には探し当てられない――。
静かに立ち上がり、澪は脱いだままだった部屋着を着る。
そして、

「……本当に、ごめんなさい」

それだけ言うと、部屋を出ていく。

慌ててその背中を追う。必死でその名前を呼ぶ。

「澪！　ごめん！　もう少し、俺と話を――」

けれど、彼女は振り返ることもないまま。

自分の部屋に逃げ込むと、固い音とともに扉に鍵をかけてしまったのだった。

＊

「――澪ー」

ほとんど一睡もできないまま。翌朝、俺は澪の部屋を訪ねる。

「いないのかー」

ほとんどわかってはいたけれど、チャイムを押して返答を待つ。

けれど、インターフォンに澪が出ることはおろか、物音が聞こえてくることすらない。

こうなれば、仕方ない。自分だけで解決することは不可能だ。

椋井《むくい》さんに電話すると、彼女はあっさりこう言った。

『ああ……澪はこっちに、【α分隊《アルファぶんたい》】の拠点に来てる』

「そうですか……」

『……近いうちに、色々判断がされると思うから』

どこか慰めるような口調で。

俺を慮《おもんぱか》るようにして、椋井《むくい》さんは言った。

『しばらく、連絡を待つように――』

■Intermission3.0《半年前、太平洋上、空母タイコンデロガ甲板にて》

——この星で最大の海、その中央に浮かぶ空母の上で。
晴れた空に、眩《まばゆ》い閃光《せんこう》が走るのを見上げていた。
周囲の国連軍メンバーから感嘆の声が上がる。
わたしも太平洋の風に吹かれながら、その光景に息を呑《の》んでいた。
そして全員が成り行きを見守る中。長い長い沈黙を挟んで、インカムから報告がある。
『——【外敵】母艦、撃墜』
『——すべての【外敵】が、地球上から排除されました』

——歓声が上がった。

誰も彼もが、仲間と抱き合い喜びの雄叫《おたけ》びを上げていた。
涙を流す者、大笑いする者、神に祈っている者や疲れた笑みを浮かべている者。
早くもビールで一杯やり始めている者までいる。
そして——そんな人の渦の中でわたしも。

ぼんやりと佇《たたず》んでいたわたしも、ようやく事態を呑《の》み込《こ》み始めていた。

「【外敵】を、倒した……」

視線を落とし、そうつぶやく。

「【IW禍《アイダブルか》】が、終わったんだ……」

「──澪《みお》ッ！」

呼ばれると同時に──抱きつかれた。

聞き慣れた女性の声、戦いの間自分を補佐し続けてくれた椋井夢生《むくいむう》ちゃん。

彼女が大泣きしながら、必死にわたしにしがみついている。

「勝ったよ！　人類の勝利だよ！」

「あはは、そうなんですかね……」

「そうだよ！　何ぼんやりしてるの!?」

わたしの顔を見て、夢生ちゃんはボロボロ涙を流す。

「澪が──世界を救ったんだよ！」

「……世界を、救った……」

その言葉に──思わずその場にしゃがみ込んだ。これまでの長い長い戦いの日々が、脳裏を過《よぎ》る。それが、ついに終わる。当たり前の毎日が戻ってくる──。

「……本当に、救世主になってくれたね」

わたしの手を取り、夢生ちゃんは言った。

「ありがとう、わたしたちを救ってくれて……」

「とんでもないです。わたしは、できることをしただけで」

彼女の手を握り返し、それでも立ち上がれないままわたしは海を眺めた。

見渡す限り、三六〇度水平線に囲まれた、この場所。

自分たちの生まれた星、地球の海の上。わたしはそれを、守ることができた——。

意を決して、その場に立ち上がる。

そして——生まれ故郷。日本の方角に目をやると、

「……これから、どうなるんだろうね」

空っぽになった頭で、そうつぶやいた。

「どんな毎日が、わたしたちを待ってるんだろう……」

例えば、友達と過ごす学校生活。例えば、退屈だけど愛《いと》おしい日常。

そんなものが、戻ってくるのかもしれない。

取り戻すことが、できるかもしれない。

それに、それだけじゃなくて。大切な場所や人、新しい思い出たち。

もしかしたら、恋なんかも……。

そんな気持ちは南からの風に吹かれて、蒸し暑い太平洋の高気圧に溶けていった——。

第七話

MitaraiMio niha Mirai ga Mieru

『今』も、ちゃんと

——補佐官桃澤基雄《ももざわもとお》を、補佐対象に精神的ダメージを与えたことで解任とする。

——久琉美《くるみ》中央高校は退学。貸与された住宅からも退去とする。

——以降、補佐対象との一切の面会を禁ずる。


数日後、そんな決定が【α分隊《アルファぶんたい》】本部から下された。

澪《みお》の来なくなった学校、休み時間の屋上にて。

椋井《むくい》さんから、書面でそのように通達された。

「ごめん」

ざっと処分の内容を聞き。

書面を読み終え顔を上げた俺に、椋井さんは言う。

「抗議したんだけど、覆せなかった」

「そうですか」

「あくまで今回のことは、二人の間で起きた感情的なすれ違いだ。当人同士が解決すべきで、こんな幕引きは澪のためにもならない」

いつものようにフェンスの下、段差に腰掛け椋井さんは視線を落としている。

「わたしたちは、あくまで二人のサポートをすべき。組織の判断で切り離すべきじゃない。そう考えているし、実際そう主張したけど……通らなかった。上と『スポンサー』が、強引にこんな決定を……」

「確かに、なかなか急ではありますよね」

それなりに、重い処分がされる覚悟はしていた。

減給や厳重注意、補佐方法への指導。

そしてもちろん、最悪解任の可能性もあるとも。

ただ、実際はそれに追加して、一切の面会を禁じられる。つまりこれは、生涯彼女に会うな、ということだろう。

椋井さんの言うとおり、性急で重たい処分だと思う。

「ちなみに、澪も退学だよ」

本当は、機密事項なんだろう。

けれどそれを、椋井さんは静かに俺に伝えてくれる。

「今は久琉美の別の場所で暮らしてるけど、【ハーベスター】との戦いが終わり次第、ひたちなかに戻る予定だ。わたしもそっちに転属だね」

「なるほど……」

「……桃澤は、不満じゃないの？」

椋井さんが、そう言って俺の顔を覗《のぞ》き込《こ》む。

「澪とこんな風にお別れして、それで本当にいいの？」

その問いに、俺は一拍考えてから、

「なんとかならないかって、ずっと考えています」

素直な気持ちを、椋井《むくい》さんに伝えた。

「澪《みお》と会えないのはいやですし、あんな風に終わるのも納得はいきません。気持ちがお互いに暴発したようなものだと思うので」

眠れないくらいに、ずっと考えている。

どうしてこんな風になってしまったのか、何がいけなかったのか。

きっと俺たちは、互いに互いを大事にしようとしていただけだ。

どこでボタンを掛け違えてしまったのか。

……俺の気持ちははっきりしている。

澪ともう一度、やり直したい。

傷つけたことを謝りたいし、一緒にこれからのことを考え直したい。

「ただ……」

それでも、俺はそう前置きして、

「どうすればいいのかが、まだわかりません」

それがどうしても、見つからずにいた。

澪はダメージを受けている。俺が傷つけてしまった。

彼女も俺の処分は聞いただろう。きっと、承認もしたのだと思う。

それなりに決定権を持つ彼女が、それに反発しないでいる。

澪自身が、今回の結末を受け入れている――。

じゃあどうすれば、それを覆すことができるのか。

澪がもう一度、俺といることを選んでくれるのか。

見下ろす校庭では、運動部員たちがそれぞれ普段どおりの活動をしている。

【ハーベスター】再出現の報道があって、確かに世間はざわついた。

しばらくニュースはその件で持ちきりだったし、ネットでも真偽不明の情報が流され続けている。現場近辺は住民の避難で大わらわらしい。

ただ……澪の未来視のとおり。日常は、存外これまでどおりに回っていた。

現れたのが一機だけなこと。【外敵】それ自体が生き残っていたわけじゃないこと。そして、【α分隊《アルファぶんたい》】が対処に当たっていると報道されたことが、大きいのだと思う。

さらに言えば、今週【ハーベスター】が再出現する見通しであることまで周知されている。この報道は、救世主の未来視が健在である証左として、世間では捉えられているようだった。

「……桃澤《ももざわ》は澪に、どうなってほしいんだ？」

ぼーっと景色を眺める俺に、椋井さんは尋ねる。

「一応、ことの経緯はわたしも聞いてる。桃澤《ももざわ》が澪《みお》を大事にしてたのは、よくわかる。そのうえで聞きたいんだけど。君は澪に、どんな風に暮らしてほしかった？」

「……そうですね」

一度うつむき考えると、

「できるだけ……普通の女の子みたいな幸せを、味わってほしかったです」

答えは、割とすぐに見つかった。

「未来視に縛られすぎないで、その力に振り回されないで、暮らしてほしかった、んだと思います」

そういうことに、なると思う。

彼女の辛《つら》さは、すべて『未来視』という能力から生まれていた。

その力があることで澪は救世主になり、その座から下りられなくなった。

「だから、あの子に言ったんです。俺の前では、未来視を使わなくっていいって。ちょっとずつ、そういう生活ができるようになるといいって。でも多分……それがすれ違いのきっかけになりました」

彼女の考えを、すべて理解しているわけじゃない。でも、そういうことなんだろう。

俺は、澪が未来視から解放される時間を作りたかった。

未来なんか視《み》なくても、大切にし続けたいと思った。

けれど――昨晩の出来事が起きた。

俺はきっと、澪にとって未来視がどういうものなのか、理解ができていなかった。

「……ふうん、なるほど」

口元に手を当て、椋井《むくい》さんは小さく笑う。

「未来視を、使わなくていい、か」

「……なんですか？」

その笑いには何か意味が込められていそうで、俺は尋ねる。

「何か、変ですか？」

「ああいやいや、ごめん。変ではないよ。ただ」

と、椋井さんは俺に親しげな表情を向け、

「大人っぽく見える桃澤も、やっぱり少年なんだなって思って」

「……どういうことですか？」

尋ねると、椋井さんはフェンスに背中を預け、

「極端だよ、発想が」

そう言って笑った。

「持ってる能力が不幸を呼んだ。だったら、そこから解放しようっていうのはちょっと過激すぎる。そもそもその能力はさ、澪が持って生まれたものだし。それに……」

もう一度、椋井《むくい》さんは俺に笑いかけ、

「未来を予想するなんて、誰でもやってるじゃない」

「……ああ」

「不安になって未来のことばっかり考えて、なんてよくあることだし。そもそも悪いこと
じゃないいんだよ、先を想定しておくのは。負荷がかかってるのは、申し訳ないと思うけど」

確かに、それはそうなのかもしれない。

問題は、未来が視《み》えることじゃない。そう思う。

じゃあ――澪《みお》は、俺は、何を見落としていたのか。

未来に目を向けることで、蔑《ないがし》ろにしていたことは何か――。

「澪は澪で……怖がりすぎだよなあ」

椋井さんは、いつくしむように目を細め、

「まあ、それだけ桃澤《ももざわ》が大切だったんだろうけど。……とにかく」

言って、椋井さんは立ち上がる。

スカートについた砂埃《すなぼこり》を払い、寂しげにこちらを向く。

「決定は、もう下された。何度も言うけど、ごめん、力になれなくて」

「とんでもないです」

「ちなみに、わたしに一生会うなとは、言われないだろうからさ」

そう言って、椋井さんは俺の肩をポンと叩《たた》き、

「今度また、お茶でもしよう」

「……そうですね」

「わたしはまだ、二人が結婚する未来。なくなったとは思ってないから」

「俺もです」

うなずいて、屋上から久琉美《くるみ》の街を見下ろす。

近いうちに出ていくことになったこの街。転校することになった、この学校。

ふと……俺は思う。

もう少し、ゆっくりこの場所を楽しんでおけばよかったと。

この場所で暮らしていることを、しっかり味わっておけばよかったと。

＊

――部屋の片付けは、あらかた終わってしまった。

「……ふう」

息を吐いて、部屋を見回す。

三ヶ月少し前、越してきたばかりのこの部屋。

あの日のようにあちらこちらに段ボール箱が並べられ、なんだか見知らぬ部屋みたいになっちゃったなと思う。

ようやくここでの暮らしにも慣れてきたのに。

まさかこんなに、早く退去することになるなんて……。

「……よし」

重い腰を上げ、片付けのラストスパートに取りかかる。

食器や服などの細々したものは、既に梱包《こんぽう》済み。

あと残すは本棚だけだ。

これが片付けば、午後に来る予定の業者のトラックにすべて引き渡せる状態になる。

「よいしょっと」

そこに詰められた本やゲームソフト、細々した小物を段ボールに収めていく。

教科書や小説、澪《みお》と二人で読んだ漫画。

あのあと星丸《ほしまる》に影響されて買った『日本の朝ご飯』ガチャや、那須田《なすだ》に借りていたアニメ映画のブルーレイ。これは返すのを忘れてしまっていたから、椋井《むくい》さん経由で返却してもらおう。

俺の転校と東京《とうきょう》への転居に、周囲は酷《ひど》く混乱していた。

「——どうして!?」

「──え、神手洗《みたらい》さんまで……？」

「──いやいやいや、気持ちの整理つかないって……」

女鹿沢《めがさわ》さん、星丸、那須田は、その報告に本気で混乱していた。

驚かせたし悲しませたし、理由を問い詰められた。

けれど、俺の口からはなんとも言えず。ぼんやりした説明しかできなくて、最後には女鹿沢さんを泣かせてしまった。

本当に申し訳ないことをしたと思う。

この町でよくしてくれた友人を、最後にとても悲しませてしまった。

さらに、

『──はぁ!?　戻ってくる!?』

『──しかも、来週!?』

『──給料は!?　ガッツリもらった!?　……じゃあ、退職金は!?』

事情を電話口で姉に話すと、すごい勢いで文句が返ってきた。

どうやら、本気で俺の稼ぐ給料に期待していたらしい。

仕方なく、仕事先の女の子と色々あったことを匂わせると、

『──あ、ああ……え、色恋で揉《も》めた感じ？』

『──マジ!?　早く帰ってきて、聞かせなさいよそれ』

となぜか機嫌が直った。
もしかしたら……気を遣ってくれたのか？
姉なりに、傷心の弟を励ましてくれようとしているのか？　と思ったけれど、
『――その話を肴《さかな》に飲むボトル、今から用意しとくから！』
『――ていうかそれ、店のお客さんにも話してあげてくれない？』
『――そういうの、みんな聞きたいと思うんだよねー！』
楽しみたいだけだった。そして、商売に使おうとしているだけだった。
姉はどんな状況でも姉で、それはそれで安心もしたのだった。
「よし、これで全部だな……」
本棚を空にし終えて。
その前に立ち、俺はひとりうなずく。
転居の準備が完了した。完了、してしまった。
ふうと息をつくけれど、他に俺にできることはない。
このまま業者に荷物を引き渡して、迎えに来る姉の軽トラで東京《とうきょう》に帰るしか……。
「……なんて言えば、よかったんだろうな」
それが今も、見つからないでいた。
「なんて言えば、俺たちは……」

未来視の力を持っていた澪《みお》。

その力が招いた状況に、追い詰められていった澪。

じゃあ、彼女を少しでも楽にしたいとき、幸せにしたいとき、俺はどうすればよかったのか。

椋井《むくい》さんが言っていたことも、気にかかっている。

未来はみんな、見ようとするものだ。それを否定するのも極端だ。

じゃあ、俺は、澪は、どんな風にその力に向き合えばよかったのか。

その力に心を奪われて、何を見落としていたのか……。

——奇《く》しくも。

今日は、澪が未来視した【ハーベスター】再出現の日。

【外敵】の残存機体と、彼女の戦闘が行われる日だった——。

「……てか、ここだと運びづらいか」

そんなことを改めて考えていて、ふと気付いた。

部屋の隅、角のところに置かれている本棚。

これはちょっと、位置的に搬出しづらい気がする。

業者の人が困らないよう移動させておこう。

「よっと」

棚の外枠に手をかけ、持ち上げる。

それほど背の高い棚じゃない、一人でもなんとか移動できそうだ。

床や壁を傷つけないよう気を付けつつ、ゆっくりとそれを壁沿いから離し。

少しだけ、廊下の方へ移動させようとしたところで、

——かさっ。


そんな音が——本棚の後ろから響いた。

「ん?」

何だろう。

何か紙でも落ちたような、そんな音だった。

もしかして、棚の裏に本でも挟まっていた?

そんなことを考えながら一度本棚を床に下ろし、音のした方を覗《のぞ》き込《こ》んでみると、

「……えっ」

小さく畳まれた、紙。

見覚えのある色をした、紙が落ちていた。

拾って手に取る。

袋状に畳まれた水色の便せんと、その向こうに透けて見える誰かの手書きの文字……。
すぐに――わかった。
「澪《みお》……」
澪だ。あの子が残した手紙だ。
間違いない。この紙はあの子が普段、書き置きなんかに使っていたメモ帳の色だ。
中間テストの勉強中、よく目にしたから間違いない。
それに、透けて見えている文字。丸っこくてどこか幼い印象の、それ。
あの子の筆跡だ。見間違うはずがない。
「……っ！」
弾《はじ》かれるようにして、それを開く。
息も荒く、その文面を確認する。
そこには、彼女からのメッセージが。
ある日、澪から俺に宛てられたメッセージが記されていた。

＊＊＊

こんにちは、桃澤《ももざわ》さん

えっと今、中間テストの勉強中
桃澤《ももざわ》さんに色々教えてもらっている、休憩時間です
桃澤さんがお手洗いに行ってる間に、これを書いています

不思議な未来が、さっき視《み》えたんです
桃澤さんが、このお部屋を退去する未来でした
部屋は片付いて、段ボールが沢山で、桃澤さんは空になった本棚を動かそうとしてるところでした
だからこの手紙は、そのとき見つかるよう本棚の裏に隠そうかな
それが良さそうですね

桃澤さん、なんでこのお家《うち》を出ていくんですか？
今に比べて大人になったようにも見えないですし
もしかして、もっと大きな部屋に移動とか？
あるいは
学生結婚するから、わたしと同じ部屋に住むため、とかだったりして！

事情はわからないですけど、今のわたしはとっても幸せです!!!
だから、そのお引越先でもわたしのそばにいてくれると
わたしと一緒にいてくれるとうれしいです

こんな幸せが、未来までずっと続きますように

神手洗澪《みたらいみお》より♡

＊＊＊

書かれていたのは、そんな短い文面だった。
彼女らしい、軽やかで楽しい手紙だった。
きっと、深い意図もなく書いたんだろう。
なんとなく、俺が驚くかなと思って用意しただけ——。
けれど、
「……なんだよ」

それを読み終えて。間違いなく『今現在の俺』への手紙を読み終えて。

俺の手は——酷《ひど》く震えていた。

手だけじゃない。全身が武者震いするように、ガクガクと震えている。

「何なんだよ、澪《みお》……」

そうこぼした声も、今にも崩れそうで。

胸には熱いものが満ちて、目からは何かが零《こぼ》れそうで、

「こんなとこに……答えがあったんじゃないか……」

必死にこらえながら、俺はつぶやいた。

「俺たちに必要なものが、ここに……」

確かに、俺と澪の間に確かなものはなかった。

友達とも恋人とも呼べない関係で、未来は視《み》えているはずなのに不安だった。

けれど——そう。

『事情はわからないですけど、今のわたしはとっても幸せです!!!』

『こんな幸せが、未来までずっと続きますように』
幸福な『今』が、確かにそこにあった。
間違いなく、俺たちはそれを手にしていた。
すっかり忘れていたと思う。俺と澪は幸せだった。ただそれだけでよかった。
それがわかっていれば、一緒にいられたはずなんだ。
なのにきっと――未来ばかり視て、見失ってしまった。
伝えたい。
強くそう思った。
澪に伝えたいことが、今見つかった。
どうしても、それを彼女に知ってほしい――。
反射的に、スマホを手に取る。
何かを考える前に、椋井《むくい》さんに通話をかけ、
『――もしもし？』
「あ、あのっ！」
怪訝《けげん》そうな彼女に、勢いよく尋ねる。
「み、澪って……今はどこにいますか？」
一瞬黙り込む椋井さん。

もちろん、本当は俺に明かせる情報じゃないだろう。

けれど、彼女は覚悟を決めたような声で、

『……拠点に移動中だ』

はっきりと、そう答えた。

『【ハーベスター】との戦闘の指示のため、拠点に向かってる。あと二十分くらいで着くんじゃないかな』

「二十分、ですか」

だとしたら、そのタイミングを捕まえれば話ができるかもしれない。

澪《みお》に、気持ちを伝えられるかもしれない。

一瞬、そんなことしていいのかとためらいを覚える。

彼女は、直後戦いに参加するんだ。そんな彼女に、俺が思いをぶつけてもいいのか。

『……動揺してるよ、澪』

俺の気持ちを察したのか、椋井《むくい》さんがどこか優しい声で言った。

『桃澤《ももざわ》とのことで、大分精神的ダメージを受けてる。それでも、なんとか未来視しようと自分を奮い立たせてるみたいだ』

「……そう、ですか」

『だから、必要なんじゃない？』

かすかに笑うような声で、椋井さんは続けた。

『桃澤の言葉とか気持ちが、今のあの子には』

「……わかりました」

だとしたら、もう行かない理由はないと思う。

彼女と話したい。俺のためにも、彼女のためにも。

ただ、ふと思い出し、

「……俺のパスって、もう使えなくされてますよね？」

鞄《かばん》を漁《あさ》り、俺は拠点の入場パスを手に取った。

「手元にはまだあるんですけど、拠点は入れないですよね？」

『うん、入れないけど……』

短い沈黙。

椋井さんが、何かパソコンを操作しているような音。

そして、パチンとエンターキーを押すような音とともに、

『今、入れるようになった』

「さすがです」

思わず笑ってしまった。あまりにも話が早い。

「でも……いいんですか？　見つかったら、処分されるんじゃ？」

『まー、そうなったらそのときだ。失職したら、桃澤《ももざわ》の実家のお店で働かせてよ』

「わかりました。最強の店員志望者として、姉に紹介します」

『頼んだよ』

言うと、椋井《むくい》さんは大きく息を吸い、

『頑張れ、桃澤』

背中を押すように、俺にそう言った。

『これで最後かもしれない。思いっきりやってこい！』

「はい！」

電話口に向かってそう言うと、俺は通話を切る。

そして、一度深呼吸してその場に立ち上がると、

「──よし！」

パスとスマホだけを手にして、玄関へ向かったのだった。

*

「──あれー、基雄《もとお》じゃーん？」

エレベーターから転がり出て。

ロビーを抜けマンションの外に出たところで、そんな風に声をかけられた。

「どっか行くの？　まだ業者来ないの？」

見れば——年季の入った白い軽トラ。

その運転席で、なんだか派手な印象の女性が、こちらを見ている。

「……姉さん！」

姉だった。

桃澤家四姉弟《よんきようだい》の長女。桃澤百花《ももか》がそこにいた。

軽トラに似合わない明るい色の髪と、過剰にしか思えないメイク。顔立ちこそ整っているんだろうけど、全体に装飾が強めで素材の良さはあまりわからない。

その登場に、一瞬目眩《めまい》みたいなものを覚える。

実家の姉が、この久琉美《くるみ》にいることに不思議な感覚が走る。

けど……そう言えば、姉には東京《とうきよう》までの運転をお願いしていて、今日これくらいの時間にマンションに来る約束になっていたのだった。

見れば、トラックの荷台には段ボール箱が大量に積まれている。

中身はじゃがいもにタマネギ。キャベツににんじん。山盛りになった野菜たち。

きっと、店に出したり東京で知り合いに配るために、この辺で買いまくってきたんだろう。確かに向こう、野菜は手に入りにくかったからなー……。

いや、そんなことより！

野菜とかそんな話じゃなくて！

「マジ……いいところに来てくれた！」

言いながら、俺はその助手席に乗り込んだ。

「どうしても行きたいとこがあって。でも、時間ギリなんだよ！　連れてってほしい！」

時計を見れば、椋井《むくい》さんとの通話から数分経《た》っている。

【α分隊《アルファぶんたい》】の拠点までは、ダッシュで行っても二十分以上。

ここは百花《ももか》の運転で連れて行ってもらいたい。

けれど、

「……えーなんで」

百花は心底面倒くさそうな顔をしている。

「家このマンションでしょ？　東京《とうきょう》から来たし、休憩したいんだけど」

「そこをなんとか、頼むよ！　マジで大事なことだから！」

「えー、大事なことって何？」

怪訝《けげん》そうな顔の百花。

こうなったら……もうあれこれ言っていられない。

この姉を一発で説得する理由を、はっきり口にしなきゃいけない。

「……例の女の子！」

声に力を込め、俺は言う。

「好きな子のところに行きたい！　だから、協力してほしい！」

「……ほう。おけ」

そう言って、姉はエンジンのキーを回した。

ぶろろろん、と環境に悪そうな音を立てて車体が震える。

「じゃあ、ひとっ走り行くから。基雄《もとお》、ナビして」

「うん、助かる！」

そして──ロケットがスタートするような勢いで。

法定速度上限ギリギリのスピードで、百花の軽トラは道路を爆走し始めた。

この切り替えと理解の早さ、我が姉ながら本当にありがたい。

椋井さんといい百花といい、俺の周囲の女性は優秀なうえ話が早いな！

「向かいたいのは、自衛隊の施設だよ！　そこの県道！　55号真《ま》っ直《す》ぐ南に向かって！」

「了解！」

うなずいて、姉は勢いよくハンドルを切る。

とんでもない遠心力で、身体《からだ》がドアに押しつけられる。

「あははは！　道路広いから超走りやすい！　たーのしー！」

「あー、助かるけどくれぐれも安全に！　事故だけは起こさないように気を付けてよ！」

「わかってるって、任せて！」

そして百花《ももか》は——元ヤンであり元走り屋であるとまことしやかに噂《うわさ》される姉は——さらにアクセルを踏み込み、

「よっしゃ！　待ってろよー、例の子ちゃーん！」

と、びゅんびゅん車を追い抜きながら軽トラを走らせたのだった——。

＊

「——頑張ってこいよー！」

そして——目的地。

自衛隊の久琉美《くるみ》拠点であり、現在は【α分隊《アルファぶんたい》】が使用している施設に着き。

俺をトラックから降ろした姉は、そう言ってこちらに大きく手を振った。

「あとで、どうなったか聞かせてー！」

「おう、ありがとう！」

俺もそう言い、大きく手を振り返した。

「行ってくる！」

走り出しながら、俺はその施設を見上げる。

自衛隊のものにも、その分隊のものにも見えないスタイリッシュな建物。

敷地も最新の警備設備が張り巡らされ、パスのない者は入場自体ができなくなっている。

それもそのはず。

元々はこの敷地は、とある研究機関が所持し使用していたものらしい。

それを自衛隊が引き継ぎ、建物も施設もそのまま使用しているのがこの拠点だ。

この敷地のどこかに……澪《みお》がいる。

この街を出ていくため、その準備をしている——。

時計を見れば、澪の出発まであと五分ほど。

正面のゲートの前で読み取り機にパスをかざし、中に駆け込んだ。

幸い、見回りや警備員らしき人の姿は見えない。

不審に思われて止められることもなさそうだ。

「どこだ、澪……！」

建物の方に向かって走りながら、考える。

今、澪はどこにいるだろう。

時間的に、おそらく澪はちょっと前に施設に着いたところだろう。

そんな彼女が、まず車で連れて行かれる場所……。

「……車回しだ！」

正門から少し行ったところ。

そこに上官が車に乗るための車回しがある。

他に降車に適した場所はないし、澪《みお》も多分あそこで下ろされるはずだ。

「よし！」

そちらに視線を向け、もう一度ダッシュする。

いくつかの建物のそばを抜け、通りの角を曲がったところで、

「——あそこだ！」

見えた。澪が乗っていたであろう高級車。

その周囲に集まった、黒服の大人たち。

そして、扉が開き、中から出てくる女の子の後ろ姿。

見慣れた白いロングヘアー。

そばに寄りながら、考える。

このまま、勢いであそこに突っ込むか？

そのタイミングでできるだけ話をして、澪に考えてもらって……、

「……いや、無理だな」

具体的に想像して、あまり現実的じゃないなと思い直す。

強引に近づこうとしても、黒服に排除されるのがオチだ。

話なんて聞いてもらえないし、状況は悪化するだけ。

なら――、

「……あっちか」

俺は傍ら、すぐそばに建っている小さめの分館に目をやる。

確か、研究機関だったときに宿直棟なんかとして使われていた、四階建ての建物。

あの屋上からなら……澪に声が届けられる。

きっと、誰にも邪魔されないはず。

その入り口に駆け寄って、ドキドキしながらパスを読み取り機にかざした。

あっさりとロックは解除されて、

「……すげえな椋井《むくい》さん」

改めて、俺は彼女の手腕に笑ってしまう。

「どこまで俺のパスに権限与えたんだよ。入場ゲートだけじゃないのか……」

パスによって、入場可能な範囲は細かく設定されるはず。

なのに、こんなところまでロックを開けられるなんて、マジで椋井さん、手当たり次第に全部権限を与えたんじゃないのか？

「こうなったら、本気で上手《うま》くやらないとな……」

そんな風につぶやきながら。

それでもどうしても笑いを抑えられないまま、俺は入り口すぐそばの階段を見上げた。

*

四階分階段を駆け上がり、最上階に着いた。

扉を開けて階段室を出ると、

「……おお」

目の前に、屋上の景色が広がった。

さして広くもない、整備もされていないそのスペース。

けれどそこは、どこか久琉美《くるみ》中央高校の屋上にも似ていて。ホームに戻ってきたような感覚もあって、高鳴っていた胸が少し落ちついた。

そして、その屋上のへり。フェンスも張られていない、車回しのすぐ上に立つと、

――ちょうど、澪《みお》が玄関の前にいる。

何かをスタッフと話すように、こちらを振り返っている。

――白い髪に整った顔。
華奢《きゃしゃ》な身体《からだ》にシンプルなワンピース。
表情は酷《ひど》く固い。にこりともせずそこに立っている。
俺が……会いたいと願い続けた、話したいと願い続けていた女の子。
間違いなく――神手洗《みたらい》澪だった。
未来視能力者にして人類の救世主。
そして俺にとって特別な存在――。
そんな彼女を見下ろし、俺は大きく深呼吸をする。
言いたいことを手早く頭の中でまとめ、気持ちを落ちつける。
さあ――ラストスタンド《最後の戦い》だ。
ここで俺たちの、未来を手に入れよう――。

「――澪！」

大きく息を吸い――その名前を叫んだ。
黒服が、澪が、驚いたようにこちらを見上げる――。
大きく見開かれた澪の目。

その顔が、くしゃっと苦しそうに歪《ゆが》んだ。

そんな表情に、確信する。

澪《みお》は、今も未来視をしていない。俺が来ることを知らなかった。

だから……まだきっと、話ができる。

彼女の心の中に、俺の入り込む余地が残っている——。

「どうしても、話したいことがあるんだ！　こんなタイミングでごめん。でも……少しだけ。俺に少しだけ、時間をくれないか!?」

その言葉に——澪がちらりと腕時計を見る。

そして、まぶしげにこちらを見上げると、

「何を話すって言うんですか!?」

泣きそうな声で、俺にそう叫んだ。

「まさか、戦いに行くのを止めるつもりですか!?」

「違うよ、そうじゃない！」

そう言って、俺は首を振る。

「俺は、その戦いを応援する！　だから……それが終わったら。澪の仕事が終わったら……」

そう前置きし、俺は真《ま》っ直《す》ぐ澪を見ると、

「澪、うちに帰ろう！」

もう一度、彼女に向かってそう叫んだ。

「やり直そう、これまでのこと！　悪かったよ。だから、チャンスが欲しいんだ！」

黒服のうち何人かが、苦々しい顔でこちらの建物に駆けてくるのが見えた。

きっと、この会話を止めるつもりだ。

何が起きるかわからないこのやりとりを、ひとまず静止させるつもり。

けれど、きっと俺と澪に残されたチャンスは今回だけ。

妨害なんてさせるわけにはいかない。

ちなみに、さっきロックを解除して入ったとき、そばにあった段ボール箱を扉の前に積み上げておいた。あれで少しは、時間を稼げるはず……。

そして——澪は。

ざわめくスーツの大人たちの中、澪は一瞬ためらう表情を見せ。

それでも、意を決したように口を開き、

「——無理ですよ！」

はっきりと、そう断言した。

「あんな風に失敗して……もう、そばになんていられません！」

必死の表情だった。今にも泣き出しそうだった。

それも当然なのかもしれない。

あんな風に離れてしまって、どんな顔をすればいいのかわからないのかもしれない。

それに……怖いんだろうと思う。

あんなことが起きた俺たちに、どんな未来が待っているのか。

それを知るのが怖いし、だからこそ、今も澪《みお》は未来視ができないのかもしれない。

俺も、その気持ちはよくわかる。

けれど。

「大丈夫だ！」

俺は胸を張り、顔に笑みを浮かべてそう言う。

「俺はもう、そばにいる方法を見つけたから！」

「……方法？」

怪訝《けげん》そうに、澪は首を傾《かし》げる。

「どういう、ことですか……？」

「なあ、澪」

彼女は、俺の話を聞いてくれる。はっきりと、そうわかる。

だから俺は一度息をつき、彼女の名前を呼んだ。

「俺たち、幸せだったんだよ」

彼女と過ごした、三ヶ月の日々を思い出す。

最初に会議室で会った日、結婚すると未来視され驚いたこと。

この街に引越してきた日、新しい人生が始まったと実感したこと。

始業式の日や中間テストの勉強や、みんなで奉仕活動をしたこと。

「楽しかった。三ヶ月一緒にいられて幸せな毎日だった。きっと澪もそうだよな？」

階下の澪に、俺は尋ねる。

「きっと、幸せを感じてくれてたよな？」

「……ええ、そう、ですね」

おずおずと、澪はうなずく。

「大変なことも、沢山ありましたけど。思い返せば、幸せなことも……」

「だよな」

澪の返事に、俺はうれしさを覚える。

やっぱりそうだ、同じ気持ちだ。

だから俺は、できるだけ優しい口調で、

「そういう『今』も、ちゃんと見ていよう」

澪にそう語りかける。

「確かに、未来を視《み》るのは大事だよ。ごめん、俺も強引だった、先のことは考えるべきだよな。未来視なんて、大切な力を持ってるんだからなおさら」

恐る恐る、澪《みお》はうなずく。

「でも、それと同じくらい。いや、もっと大事なことは」

そう前置きし、俺ははっきり澪に笑いかけ、

「今を見失わないこと。今あるかけがえのないものを、大切にすることだと思った」

俺たちは――見失いがちだ。

今既に、手の中にあるもの。

そばにいてくれる人や、繰り返される暮らし。

そういう、ありふれた、けれど確かにそこにある幸福を。

未来への不安が、簡単に視界を覆い尽くす。

いつか失うかもしれない、消えてしまうかもしれない。

そんな不安で、既に持っているものさえもわからなくなってしまう。

「だから、大事にしよう」

俺は、澪に言う。

「そばにいられることを。一緒にいられる幸せを。そうすれば……きっと俺たち、やり直せる！　もう一回、一緒に暮らせると思うんだ！」

「……もう一回、一緒に……」

澪が俺の言葉を繰り返す。
その瞳が、動揺に揺れている。
「桃澤《ももざわ》さんと、また……」
自分を試すように、視線を落としている彼女。
気付けば澪の周囲には、黒服以外の自衛隊スタッフも集まり始めている。
騒ぎを聞きつけて、対処に出てきたんだろう。
迷彩服を着た、あるいはスーツの、さらにはもっとラフな格好の大人たち。
向かいの建物を見れば、その窓際にも沢山の人々が押しかけている。
彼らは皆それぞれ緊張や好奇の表情で、俺と澪に視線を向けていた。
そんな風に、騒ぎが拡大していく中。
澪は視線を落としたままで、
「……それでも、無理です」
消え入りそうな声で、そう言った。
「今なんて……見れません。未来を視《み》るので、精一杯です……」
それと同時に——俺の背後で、人の声がする。
階段を上る乱暴な音と、「こっちだ！」「早く！」と言い合う声。
黒服が、こちらに向かっている。

もうあまり、時間はない――。

「……そっか」

ふっと息を吐き、俺は視線を上に向ける。

広がっている久琉美《くるみ》の空は、今日も東京《とうきょう》のそれよりずっと広い。

視界が開けると、思考も自由になる。

そうだよな、と澪《みお》の気持ちも納得できる。

今を見てほしい、なんて言われて簡単にできるはずがない。

そうするきっかけがない限りは。今を見たいと、彼女自身が思ってくれてない限りは。

だから――俺は思い付いた。澪に、そうしてもらう方法。

臆病な彼女に、今を味わってもらう手段――。

「――開いたぞ！」

「――そこだ！」

階段室の扉が蹴破られた。

黒服たちが、こちらに駆け寄ってくる。

けれど俺は、澪の方を向いたままで、

「じゃあ――」

そんな風に、彼女に笑いかけた。

「──これで、どうかな」

黒服たちの声が、足音がすぐそばに迫る。

もうほんの〇・一秒。それだけで、俺は確保される。

その瞬間──、

──俺は、屋上から飛び降りた。


身体《からだ》を傾け、重力に導かれるままにする。

足下に感じていたコンクリートの気配が消え──頭を下に、自由落下を始める。

観衆から上がる驚きの声。

最後に見えた、澪の顔。

恐怖に見開かれた目、真っ青な顔。

そして、彼女の漏れるように口から出た叫び──。

「──ッ!」

地面まで、ほんの一瞬のはず。

けれど──様々な景色が頭を巡っていた。

【IW禍《アイダブルか》】の前、店を手伝っていた頃のこと。

戦いが始まり、人類の劣勢に恐怖したこと。
街が包囲され死を覚悟し、姉たちと泣きながら話をしたこと。
「――天国に行っても、みんな一緒だ」
「――向こうでも、家族で店をやろう」
救世主の登場に、最初は疑心暗鬼だったこと。
けれど、戦況は覆り、地元に戻ることもできたこと。
さらには、自分自身が【α分隊《アルファぶんたい》】のメンバーに任命され、人類が勝利。
そして最後に、救世主である澪《みお》に会えたこと――。
落下は、頭を先にして続いている。
これは……死ぬだろうな。はっきりとそう実感した。
落下の高低差は四階分。
こんなにも完全に頭から、受け身も取らずに落ちれば間違いなく死ぬだろう。
でも、それでいい。
今彼女に必要なのは、きっとそういうこと。
そして、はっきりと覚悟が決まり。静かに目をつぶった、そのとき――、
「――ッ⁉」

――身体《からだ》に、衝撃が走った。

アスファルトの――じゃない。

妙にゴロゴロした何かに、身体を受け止められた。

「……え、な……」

「――基雄《もとお》！」

ぼんやりする頭に――聞き慣れた声が。

さっきまで一緒にいた、姉の声が聞こえた――。

「ちょ、あんた！　何やってんの!?」

運転席を下り、こちらに……荷台の方に駆け寄ってくる姉。

「滑って落ちた!?　死ぬとこだったよ!?」

見れば……俺は、大量の野菜の上に。百花《ももか》が買って荷台に載せていたタマネギ、じゃがいも、キャベツの段ボールの上に寝そべっていた。

ああ……これがクッションになったのか。

野菜たちが俺を受け止めて、命を救ってくれた……。

「……いや、ちょっと色々あって」

ひとまずそんな風に答えつつ、

「ていうかそっちこそ。何してんの、姉さん……」

「いや、見送ったけどやっぱり気になって。基雄《もとお》、どうしてるかなって見に来ちゃった」

「そんな理由で自衛隊の敷地に突っ込むやつがいるかよ……」

呆《あき》れながら、俺はよろよろと荷台を下りる。

身体《からだ》の節々が痛むし、首は寝違えたみたいに痛いけど……うん、大丈夫。

命に別状はなさそ——、

「——桃澤《ももざわ》さん！」

何かがぶつかってきた。

落下とは違う、どこか軽やかな衝撃。

見れば——澪《みお》が。さっきまで向こうにいた澪が、俺に抱きついていて、

「う、うわあああああん！」

泣き出した。

大声を上げて、子供みたいに泣き出した。

「ば、ばか！　何やってるんですか！」

こちらを見上げ、涙でぐしゃぐしゃの顔で澪は主張する。

「死んじゃったら、どうするつもりだったんですか!?」

「……ああ。ごめんな」

その身体を強く抱きしめ返し、俺は彼女に謝った。

「ごめんじゃすみません！　もうわたし、ダメかもって。あれじゃ、絶対に助からないって……」

言って、澪は俺の胸に顔を埋《うず》める。

そして、鼻先をぐりぐりとこすりつけるようにして、

「……よかった」

熱い吐息混じりに、そう言った。

「生きてる、よかった……」

ひとりごとのようにそう言う澪。

体温を味わい、大きく息を吸い、五感で俺の存在を確かめている彼女。

そんな彼女に、

「……ほら」

俺はもう一度、静かにそう話しかけた。

「ちゃんと、今の俺を見てくれてるじゃないか」

ゆっくりと、澪が顔を上げる。

どこかぽかんとした顔で、真《ま》っ直《す》ぐ俺を見る。

「澪、ちゃんと今この瞬間を味わってるよ。俺が生きていることを喜んでくれてる」

既に今、彼女が手に入れているもの。未来じゃなく、ここにある幸福。

澪《みお》は今それを、しっかりと見つめてくれている。

間違いなく、それを抱きしめてくれている。

「だから、大丈夫だ」

俺は、そんな澪に語りかける。

「俺たち、また一緒にいられるよ」

「……そんなことを、言うために飛び降りたんですか？」

「まあ、そうだな」

「死んだらどうするつもりだったんですか。そうなったら、今も何もないじゃないですか……」

「あはは、そうだな」

うなずいて、俺は笑う。本当に、澪の言うとおりだ。

あそこで百花《ももか》が来てくれなかったら、地面に落ちていたら全部終わりだ。

今も未来も何もない。

「けど」

と、俺は澪を見て、

「俺たち……結婚するんだろ？」

その言葉に――澪は目を見開く。

「そういう未来が、視《み》えたんだろ？」

驚いた様子で、口をぱくぱくする。

「だから、死ぬはずないだろ。救世主である澪が、それを未来視してくれたんだから」

最初から、助かることはわかっていたんだ。

俺が死なないことを、澪はあらかじめ教えてくれていた。

だから、俺はもう一度澪に笑いかけ、

「……ごめん。確かに、ほどよく未来を視るのも大事なんだな」

そんな当たり前のことを、ようやく理解できていた。

俺たちは、未来のことを思う。幸せな未来も、不幸せな未来も想像する。

それは、決して間違いじゃない。

人として生まれて、そうすることをごく自然に運命づけられていた。

澪はちょっと、それが上手《うま》すぎただけなんだ。

「でも――俺のことも見ていてくれよ」

もう一度、俺は至近距離で澪を見つめる。

丸い目が、無防備に俺を見返している。

「俺も、ちゃんと澪を見ているからさ――」

彼女の目に煌《きら》めいている、無数の光たち。

それは酷《ひど》くまぶしくて、照れくささに目を背けそうになる。

それでも、見つめていたいと思った。

今そこにある煌めきを、もう見失いたくないと思った。

「……わかりました」

どこか夢心地にも聞こえる声で、澪《みお》は言う。

「わたし、桃澤《ももざわ》さんを、これからもずっと見ています……」

「ありがとう」

俺は、両手で彼女の手を握る。

願いを込めて、それを強く握る。

「……このあと、頑張ってな」

気持ちを、はっきりとそう口にして伝えた。

「応援してる。心から。だから、行ってらっしゃい」

「ありがとうございます……」

涙を拭い、澪は一度小さく息を吐く。

そして、背筋を伸ばし、正面から俺と向かい合うと。

「頑張ってきますね」

「おう」

「絶対に、【ハーベスター】を排除します。誰一人、怪我《けが》なんてさせません」

「うん、頼んだよ」

「でも……桃澤さん？」

そこで、澪は不満そうに頬《ほお》を膨らませ、

「行ってらっしゃいはないでしょう？」

「……なんでだよ？」

尋ねる俺に、澪はいたずらな顔で笑い、

「桃澤さんも、一緒に来るんですよ」

俺の知る彼女の顔で、酷く楽しそうな表情だった。

「ちゃんと隣にいてください。わたしの補佐なんですから」

「……そうだったな」

そうだ——俺は、元救世主である神手洗《みたらい》澪の補佐だ。

その関係は、これからも変わらない。

「それに……」

と、澪が続ける。

そして、彼女は零《こぼ》れそうな笑みを浮かべ。

酷《ひど》く幸せそうに、こんな風に言ったのだった――。

「あなたはわたしの――未来の夫なんですから」

エピローグ

「──やっぱりこれ、この味なんですよねー！」

激闘の末、見事犠牲者なしで【ハーベスター】を排除し。

戻ってきた、俺の部屋。家具や食器や諸々《もろもろ》を再配置し、暮らせるようになったそのダイニングテーブルで。久しぶりの俺の手料理に、澪《みお》は舌鼓を打っていた。

「桃澤《ももざわ》さんの肉じゃが！　これが一番なんです。わたしにとっておふくろの味ですね！」

「いやおふくろではないだろ」

俺も向かいでじゃがいもを口に運びつつ、思わず笑ってしまう。

「夫だったりおふくろだったり補佐だったり、関係が不安定すぎだろ」

「まあまあ、それでもいいじゃないですか」

言って、澪はうれしそうに笑い、

「今、お互いが大事なのは、肉じゃががおいしいのは、確かなんですから──」

──あのあと。【α分隊《アルファぶんたい》】拠点での大立ち回りのあと。

改めて【α分隊】の上層部や関係者一同と、話し合いの場が用意された。

結果、俺は澪の補佐官に返り咲くことが決定。

二人とも、久琉美《くるみ》中央高校にも再入学。

以前と変わらないマンションの、隣同士の部屋に改めて入居することも決まった。

澪の希望があり、椋井《むくい》さんもお咎《とが》めなし。俺の上官のままでいてくれるらしい。

つまり――全部、今までどおり。

これまでと変わらない生活を、続けることができることになった――。

「……なんか、お米も前よりおいしい気がします」

「あーそれは、姉がくれてさ」

「お、百花《ももか》さんですね！」

「うん。良いもの見せてもらったとか言って、送ってきた」

「感動してましたもんねー。拠点でのこと」

そう、拠点での一件のあと。

百花はめちゃくちゃ面白い映画を見たあとみたいな、大興奮の状態だった。

澪に話しかけ謎に仲良くなり、黒服と記念に写真を撮影。

それをインスタに上げようとして止められていた。無敵かよ。

なお、米は実際のところ「新婚祝いね！」とか言って送ってこられたのだけど、今のところ澪には黙っておこうと思う。

「面白い人だったなー、百花さん」

ぽやんとした顔で、姉のことを思い出している澪。

「またお会いして、ゆっくり話せるといいなー」

「あはは、機会があればな」

澪《みお》と百花《ももか》がお話……どう考えてもろくなことにならなそうで。
そしてその被害は明らかに俺に向きそうで、苦笑いでお茶を濁しておいた。
それから、澪と話をして。これからは、未来視の使用を制限しないことにした。
きちんと今を見ていれば。
ここにある大切なものを見失わなければ、自由に未来を視《み》てもいい。
今のところは、それでいいと思っている。
そして早速。ご飯を食べている澪の頭上に、小さな灯《あか》りが点《とも》った。
視線をテーブルの上に落としている澪。その口元に、にやっと笑みが浮かぶ。
……これは、悪巧みしてるな。
澪、何かよからぬことを考えてるな……。
「……そう言えば、拠点での桃澤《ももざわ》さん」
身構える俺に、案の定澪はそんなことを言い出す。
「かっこよかったなー。ビルの屋上に颯爽《さっそう》と現れて、わたしを説得してくれて……」
思い出すような、夢見るような表情の澪。
それはそれで、彼女の本心な気がして、
「まあ、必死だっただけだけどな」
照れくささをごまかしたくて、水を一口飲んだ。

「言うことも全部アドリブだったし、飛び降りるなんて考えてなかったし。よかったよ、結局こんな風に落ちついて」

「へー、アドリブだったんですか！」

目を爛々《らんらん》と輝かせる澪。彼女はちょっと身を乗り出すと、

「わたし、感動したんですよ！『澪、うちに帰ろう！』とか、『俺のことを見ていてくれ！俺も澪を見てるから！』とか！」

そんな風に、俺の真似《まね》を始めてしまう。

「……ッ！」

一気に、顔が熱くなった。

や、やめろよそういう、テンション上がってたときの台詞《せりふ》を思い出させるの！

勢いで言ったところもあるから！

こういう普通のときに反芻《はんすう》しちゃうと、恥ずかしすぎて死ぬから！

そんな俺の焦りに気付いたのか、澪はさらに顔を寄せ、

「……ほとんど、告白でしたよね」

囁《ささや》くような声で、そう言う。

「あんなのもう、わたしに対する告白ですよ。しかも、公衆の面前で……」

さすがに、ポーカーフェイスを貫けなかった。

顔が赤くなっていくのが、はっきり自分でもわかる。

身体《からだ》から汗が噴き出て、上手《うま》く言葉が返せなくなる。

「べ、別にそんなつもりじゃ……」

しどろもどろで、俺は澪《みお》に言う。

「あれはただ、思ってたことを、言っただけで……」

「なるほど。つまり心から出た言葉が、ほぼ告白だったと」

もうダメだった。声を出すこともできないし、身体が酷《ひど》く熱い。

恥ずかしさに身を縮め「うう……」とうつむいていると、

「……うふふふ」

澪は小さく、笑い声を漏らしている。

「照れちゃって。かわいいですね。ごめんなさい、その反応が見たくて意地悪なこと言っちゃいました……」

……だよな。未来視して、俺がこうなるのを見越してわざとやったんだよな。

何なんだよもう。人を恥ずかしがらせて何が楽しいんだ……。

「……仕方ないだろ」

消え入りそうな声で、俺はなんとかそう返す。

そして、

「──澪がこの世で、一番大事なんだから……」

ただの負け惜しみみたいなものだった。

思っていることを、なんの狙いもなく口にしただけ。

意図も企《たくら》んでいることもなかった。なのに、

「……ええ～……」

澪が妙に、揺れる声を上げた。響きに滲《にじ》んでいる動揺と、小さな困惑。

そちらを見ると、

「いや、あの。そう言ってくれるのはわかってましたけど。だからちょっかい出しましたけど……」

澪は──顔を真っ赤にして。目をふらふら泳がせ口元をあわあわさせ。

こんな風につぶやいたのだった。

「こんな気持ちになるのは、未来視できませんでした──」

――戦いは終わった。世界に平和が戻ってきた。
これからも、俺たちの毎日は続く。少しずつ形を変えながら、未来に繋《つな》がっていく。
だから、今は手を繋いでいよう。
そこにいる澪《みお》から、この目を逸《そ》らさないでいようと思う――。

あとがき

僕がまだ高校生だったころ。

朝登校してから授業があって、解散になるまでの一日の流れの中で。

一番（というか唯一）好きだったのは、いわゆる『帰り会』の時間でした。

長く辛《つら》かった授業から解放される高揚感。すぐそばに放課後が迫っているわくわく。

このときばかりは、反りが合わない担任や苦手なクラスメイトたちとも、同じ苦難を乗り越えた仲間みたいな気分になれました。今でもあの浮つくような気持ちを、なんとなく思い出すことができます。

学校に限らず、多くのものにそういう瞬間があると思うんですよね。

ゲームはラスボスを倒した後、エンディングに入るまでの『ウイニングラン』的なくだり。漫画やラノベでも、問題を解決して『あとは幸せになるだけだね』みたいな状況が大好きです。一生そういうのを味わっていたい、という気持ちがある。

だから、今作を書きました。

『みみみみ　－神手洗澪《みたらいみお》には未来が視《み》える－』は世界を救うことに成功した女の子が、個人的にも幸せになっていく過程の物語です。

なんかさーいるじゃない。色々背負って頑張ってるキャラ。

健気で真面目で、それ故に傷つきながら戦い続ける、みたいな人。

普段から物語に触れている読者さんは、該当のキャラがパッと何名か思い浮かぶんじゃないでしょうか。僕も個人的に、そういうキャラに思い入れがあるんです。だからめいっぱい幸せになってもらおうと、今作が生まれたのです。

まあ、結果として澪には、作中そこそこ大変な思いもさせてしまったけどね。

主人公である桃澤《ももざわ》くんがまあまあスパダリ感あるんで、許しておくれ……。

そうそう。余談なんですが、今作の舞台のモデルになった街がありまして。

取材で訪れて色々な施設を訪問したんですけど、本当に本当にいいところだったんです。のちに仕事とか関係なしに、個人的に二度目の旅行に行ったりするほどでした。読んでいてどこか分かった人は、是非一度足を運んでみてくださいね。

今作も、様々な人のお力添えでこうして日の目を見ることができました。

イラストを担当くださったイコモチさん、担当J氏。本当にありがとうございます！　きっと楽しい未来が待ってるよね！

それから、読んでくださった皆さんも本当にありがとう！

よろしければ、また次の未来でお会いしましょう。さらばだ！

岬《みさき》　鷺宮《さぎのみや》

ファンレター、作品のご感想をお待ちしています

あて先

〒102-0071　東京都千代田区富士見2-13-12
株式会社KADOKAWA　MF文庫J編集部気付
「岬鷺宮先生」係　「イコモチ先生」係

MF文庫J

みみみみ
-神手洗澪には未来が視える-

2024年 9月 25日　初版発行

著者　岬鷺宮

発行者　山下直久

発行　株式会社 KADOKAWA
〒102-8177 東京都千代田区富士見 2-13-3
0570-002-301（ナビダイヤル）

印刷　株式会社広済堂ネクスト

製本　株式会社広済堂ネクスト

Printed in Japan　ISBN 978-4-04-684005-9 C0193

◇◇◇